T0270274

En casa teníamos un himno

MARIA CLIMENT

En casa teníamos un himno

Traducción de Noemí Sobregués

Grijalbo

Papel certificado por el Forest Stewardship Council®

Penguin
Random House
Grupo Editorial

Título original: *A casa teníem un himne*
Primera edición: junio de 2024

© 2023, Maria Climent Huguet
Autora representada por Agencia Literaria Carmen Balcells, S. A.
© 2024, Penguin Random House Grupo Editorial, S. A. U.
Travessera de Gràcia, 47-49. 08021 Barcelona
© 2024, Noemí Sobregués Arias, por la traducción

Printed in Spain – Impreso en España

ISBN: 978-84-253-6787-8
Depósito legal: B-7.888-2024

Compuesto en Llibresimes

Impreso en Black Print CPI Ibérica
Sant Andreu de la Barca (Barcelona)

GR 6 7 8 7 8

Para Carles

MARGA

Cuando nací, mi madre no hablaba. No empezó a hablar hasta que tuve siete años. Lo recuerdo. Supongo que yo aprendí a hablar gracias a todas las demás personas que me limpiaban los mocos: mi padre, mi hermana mayor, mi abuela, las vecinas y las maestras de la escuela. Me daba besitos (no muchos, tampoco es que fuera la más cariñosa del pueblo) y me cuidaba, solo que decir, no decía nada.

La historia es un poco enrevesada pero la contaré igualmente. Mi madre tenía hipo crónico. No un hipo agresivo (supongo que si hubiera sido así, habría acabado tirándose desde la azotea) sino que soltaba un hipido cada veinte o treinta minutos. Era molesto pero soportable, teniendo en cuenta que nunca llegó a suicidarse mientras le duró, unos veinte años. La cuestión es que en el hospital donde trabajaba (mira por dónde era médica internista) todos sus compañeros querían estudiarla porque, por lo visto, tener hipo crónico es algo muy poco frecuente.

«Quieren meterme una cámara por la garganta, a ver si encuentran el hipo con una pancarta que diga estoy aquí, sacadme. Lo llevan claro».

Total, como no dejaba que le estudiaran lo del hipo, los compañeros probaron maneras y maneras de quitárselo por métodos paganos como beber un vaso de agua boca abajo, beber un vaso de agua en posición recta pero dando traguitos muy pequeños, presionar la arteria a la altura de la muñeca durante unos minutos, preguntar qué has cenado y qué has comido y qué has desayunado, ¿y ayer para cenar? ¿Y para comer? Hasta la histeria sideral. Pero su método preferido para intentar quitarle el hipo a mi madre era asustarla. Por lo visto, era una fiesta. Primero empleaban el típico «¡Uh!» repentino por detrás. Después la cosa acabó degenerando hasta esconderse debajo de la mesa o dentro del armario de su consulta y aparecer cuando ella menos se lo esperaba.

Al parecer un día, cuentan que de otoño, después de uno de esos sustos que le pegaban los sinvergüenzas del hospital para intentar quitarle el hipo, se quedó muda. Se volvió hacia ellos de muy mala gaita, abrió la boca un poco como si fuera a decir algo, pero no acabó de hacerlo. La cerró sin decir ni pío y continuó así, sin hablar, durante nueve años y dos meses. Mi hermana tenía cinco años cuando mi madre se calló. Dos años después de ese día nací yo.

El caso es que se le pasó el hipo, seguramente por una cuestión de respiración y de mover el diafragma de forma diferente como consecuencia de no hablar, pero evidentemente la versión populista se vanagloriaba de haberle quitado el hipo de un susto y consideraba que haberse quedado muda solo era un daño colateral.

Mi madre tenía entonces veintiocho años. Había tenido a mi hermana mientras estudiaba el MIR. Iba a hacer la residencia en Barcelona, así lo querían mis abuelos, que eran de Tortosa y de buena familia, y de hecho sacó suficiente nota para entrar en el Clínico, en cirugía (que en realidad era la vocación de mi abuelo, que también era médico, aunque generalista). Pero el verano después de terminar sexto de medicina se quedó embarazada «del desgraciado de tu padre», que es como lo llamaba mi abuelo materno, quien, además de ser de buena familia, era también clasista y de misa. Y tuvo que casarse y quedarse cerca de casa, y así fue como se acabaron las ínfulas urbanitas de mi madre y quién sabe si también toda su alegría, porque yo contenta, lo que se dice contenta, no la he visto nunca. De hecho, nadie entendía qué estrella había explotado para que empezara a formarse una pareja como la de mi madre y mi padre. Si pertenecían a dos sistemas solares distintos.

A mi madre le cogió el hipo a raíz de una operación que le hicieron de pequeña porque tenía el tabique nasal desviado. A los ocho años roncaba más que su abuelo Cosme, que vivía con ellos, cosa que su padre no dudó en hacer erradicar. Cuando se recuperó de la intervención empezó a respirar por la nariz y, con esa especie de borrachera de oxígeno, le venía un hipido cada veinte o treinta minutos, ya os digo. Y le duró hasta el día en que dejó de hablar, veinte años después.

No vayáis a creer que mis padres se separaron cuando mi madre dejó de hablar, no, nada de eso. Mi padre trabajaba en el campo, y que una tarde al llegar a casa se encontrara a mi madre en la mesa de la cocina con un cartel que le anunciaba «He perdido el habla» no lo alteró demasiado. «Cosas más gordas he visto», replicaba él cuando comentaba con alguien del pueblo lo que le había pasado a su mujer. Francamente, no sé qué cosas más gordas habría visto mi padre; no es que pusiera nunca un ejemplo de algo más gordo que el hecho de que mi madre hubiera perdido el habla. Ya me contarás. Al parecer durante todo un año en Arnes no se habló de otra cosa. Según mi padre, si hubiera bajado un extraterrestre y se hubiera pedido un Soberano en el bar del centro social no se habría comentado más. Y cuando la vieron embarazada (de mí, en este caso) por las calles del pueblo, ni os cuento. «¡Pero si no habla! ¡Claro que para el ñiqui-ñiqui no hace falta hablar!».

Me explica mi hermana que, en casa, la nueva situación se tomó como si mi madre se hubiera hecho un cambio de look, o como si se hubiera quedado cojita o como si de repente le hubiera dado por votar a la derecha. De alguna manera se trató como un cambio de estado: ahora lleva el pelo corto, ahora cojea o se ha vuelto del PP, algo así. Ahora Erne no habla. Qué le vamos a hacer.

¿Cómo vamos a separarnos por eso?, decía mi padre cuando alguien se lo insinuaba. Como si la comunicación fuera una cuestión totalmente secundaria en una relación, o todo lo contrario. Aunque yo estas cosas las pensé de más mayor. De pequeña todo me parecía normal, como a mi padre. ¿No habla? Pues que no hable.

Mudeces aparte, en casa teníamos un himno. Se me ocurrió a mí. Teníamos un himno y lo cantábamos cuando el momento lo requería. La cosa empezó así: resulta que mi padre siempre tenía una picazón, una picazón. Le venía de la garganta. ¡Tengo carraspera!, decía. Y entonces tosía. Lo que pasa es que había desarrollado una cantinela de carraspera, y siempre hacía la misma. Hacía así: ¡tos-tos-tos-tooos!, y sonaba como un sol-si-re-soool. Lo hacía unas cuatro o cinco veces al día si estaba delante de nosotras, imagino que cuando estaba en el campo lo haría unas cuantas veces más. Después de un par de años observándolo, un día mientras tosía al ritmo de un arpegio mayor, me llevé la palma de la mano al pecho y me puse firme mientras miraba de reojo a mi hermana con la ilusión de que se sumara a la burrada y se partiera de risa conmigo (que sí). Desde ese día, cuando tenemos algo que anunciar o celebrar en casa, primero nos ponemos de pie, la mano al pecho, tos-tos-tos-tooos y «He aprobado el examen», «He encontrado trabajo» o «Marta, la hija del carnicero, está embarazada de Quico el guapo».

Al final la picazón de mi padre resultó ser un cáncer.

Ahora mi madre lleva años viviendo en San Gimignano. Cuando se quedó viuda quiso irse allí, no porque tuviera familia o alguna amistad, sino porque hacía mucho había visto *Bajo el sol de la Toscana* y, entre nosotros, se había flipado. Hacía ya tiempo que había empezado a estudiar italiano por las tardes con un libro que se compró que se llamaba *Italiano fácil*, a ahorrar a escondidas y a buscar casas en venta en la Toscana. Lo que se le escapó fue aprender lo del modo incógnito del ordenador, porque mi hermana le miraba el historial, y por eso digamos que ya teníamos claro que planeaba abandonarnos cuando llegara el momento. Así que podría decirse que, si hablamos de tempos, fue morirse mi padre y dejar ella el trabajo, con la casa en la Toscana apalabrada y el dinero reunido. ¡Ojo! Que no digo que le fuera bien ni que quisiera que se muriera mi padre, pero lo cierto es que él no entraba en los planes de renacimiento de mi madre. Si aquello se hubiera representado en un gráfico, se habrían trazado dos líneas más o menos paralelas que habrían acabado confluyendo en un mismo punto. Mi padre muerto, mi madre en San Gimignano y la casa de Arnes en venta. Eso es lo de menos, decía ella, que tu hermana ya está casada y tú vives en las barcelonas y al pueblo no tienes que volver para nada.

Ahora vivimos las dos, Remei y yo, «en las barcelonas», pero no nos vemos casi nunca. Mi hermana nunca tiene tiempo para nada. Aunque precisamente hoy he recibido un mensaje suyo.

«Tenemos que ir a ver a mamá». Me extraña que me escriba. A veces creo que no le caigo bien.

«¿Es que le ha pasado algo?», le contesto.

«A mí». La típica respuesta seca que también habría dado mi madre. Las dos tienen una aspereza genuina que yo no tengo.

«¿A ti? ¡No me digas que se te ha roto una uña!». Nunca desaprovecho la oportunidad de utilizar la conducta pasivo-agresiva con Remei, por qué no admitirlo. «¡No! ¡Espera! ¡Has pasado a llevar una talla cuarenta!». Intento hacerla reír para romper el hielo sabiendo que lo que le digo no tiene ni puta gracia.

«Te lo cuento en persona. Salimos el viernes. Vuelo VY1423 8.50 h T1 BCN (El Prat)». Es tan suyo eso de especificarme que salimos del aeropuerto de Barcelona *El Prat*, eso de tomarme por ignorante, quiero decir, que me hace reír. «Nos encontramos en la puerta de embarque una hora antes».

«Ah, veo que ya lo tienes todo pensado. Pregúntame si me va bien, al menos, ¿no?».

«¿Te va bien?».

«Sí».

«Ok».

«¿Y la vuelta?».

«Ya veremos».

«???».

No vuelve a contestarme. Como siempre me lo monto para trabajar en vacaciones de Navidad y así no notar tanto que desde que murió mi padre y la familia implosionó las paso sola, ya sé que no tendré problemas para que en la floristería me den vacaciones ahora. Puedo cogerme diez días laborables.

Nos encontramos en la puerta de embarque. Llego justa, resoplando y sudada aunque estamos en febrero. Hará unos dos meses que Remei y yo no nos vemos, y eso que vivimos en la misma ciudad. Tengo cierta curiosidad por ver qué pinta tiene. Seguro que está estupenda, para variar. Mierda, llego tardísimo, la encontraré cabreada. La gente ya está formando esa cola absurda para subir al avión cuando podrían ponerse de acuerdo para seguir sentados en los asientos hasta que abrieran la puerta. Ahora la veo, y huy, viene con Teo. Están plantados en la cola dejando pasar a la gente porque yo aún no he llegado. Efectivamente, de morros y, para mi sorpresa, menos estupenda, no sé, menos luminosa que otras veces.

—Creía que no ibas a venir.

—Hola, Remei. Yo también me alegro de verte. —Mua, mua—. ¿Cómo estás? ¡Hola, Teo! ¡Cómo has crecido! —Y vuelvo a dirigirme a Remei—: ¿Qué tienes que contarme? —le digo mientras resoplo, me quito la chaqueta y le paso la bolsa para que me la sujete como si tuviera que contarme me he apuntado a un cursillo de Excel, me han subido el sueldo o alguna banalidad por el estilo. Remei, en cambio, es más de callarse hasta que llega el momento adecuado para hablar. Eso es lo que me hace saber, «Cuando llegue el momento, te lo contaré», con nuestro lenguaje del silencio, es decir, que me lo dice con la mirada. (Muchas cosas nos las decimos de este modo, fruto de muchos años de comunicación silenciosa en casa).

—¿Y tú cómo estás, Marga? Hacía tiempo que no nos veíamos. —Lo dice como si acabara de descubrirlo.

—Claro, ¡siempre estás tan ocupada! El trabajo, la familia… ¿Cómo está Gerard, por cierto?

—Bien, él está bien.

—¿Cómo es que no ha venido?

—No lo sabe.

—¿Qué es lo que no sabe?

—Que estamos aquí —dice flojito para que el niño no lo oiga. Yo la miro y levanto una ceja, la derecha, con la izquierda no sé hacerlo—. Le he dejado una nota en la nevera. —Mi expresión facial adquiere un aire exagerado, de caricatura, para incidir en mi interrogación—. Estoy hecha un lío, Marga. Después os lo cuento.

A mi hermana no la verás nunca contando dos veces la misma historia, así que esperará a que todos los implicados estén presentes para exponer una única versión.

—¿Mamá sabe que vamos a su casa?

—Sí. Ha dicho que esta semana no le iba nada bien, que no sé qué tenía, pero le he dicho que no había opción, que ya teníamos los billetes. Vendrá a recogernos al aeropuerto. —Está claro cuál es su hija preferida porque, cuando fui yo sola un año después de que se mudara, a mí me dijo que no estaba para esos trotes y no vino a buscarme, pero considero que no es el momento de decirlo—. Aunque no sabe por qué vamos. No sabe nada de lo mío, quiero decir.

Me quedo dándole vueltas a ese «lo mío» durante todo el vuelo.

REMEI

No es propio de mí eso de coger un vuelo en un arrebato. Menos aún: hacer mil noventa y dos kilómetros para pedir ayuda a mi madre y llevarme a mi hermana pequeña, como si la cabeza hueca de Marga pudiera aportar alguna opinión sensata sobre cómo encarar la vida. Pero aquí me tienes, un poco mareada, en un avión, camino de San Gimignano con la sensación de haber perdido el control. Yo, que desde los doce años tengo un Excel mental de lo que debía ser mi vida y que lo he seguido al pie de la letra hasta hoy: matrícula de honor en el instituto, ningún suspenso en la carrera de medicina y una de las veinte mejores notas de mi promoción en el MIR. Marido (médico, como yo), hijo, piso propio (en el Eixample); amigos, amigas, clases de pilates, dos cenas al año con los compañeros de trabajo y dinero para una canguro. Qué más quiero. Qué puede haber fallado. En qué punto exacto he perdido el hilo de lo que se supone que compone una-vida-feliz.

En realidad sí lo sé: trabajo cincuenta y nueve horas por semana y, cuando no estoy trabajando, tengo migraña y hago de madre. Pienso que debería ser rica, teniendo en cuenta mi trabajo y las horas que le dedico, pero haciendo cálculos me sale a doce euros la hora, que es lo mismo que cobré un verano, cuando estudiaba, que fui monitora en un centro de ocio infantil de Valderrobres. Así que entre los dos pagamos la hipoteca, las extraescolares de Teo y los plazos del coche, pero nada de ir quince días a las Maldivas o a Punta Cana cada verano. A Gerard al menos se le ve feliz con su vida. Él no necesita medicarse; él va a pádel los sábados, a tomarse una cerveza después, tiene un grupo de investigación, le hacen entrevistas y nunca me pregunta cómo estoy.

Mi madre cree que quise hacer medicina para parecerme a ella, porque la admiraba o para que estuviera orgullosa de mí, algo así, pero en realidad lo que yo quería era entenderla. Y por eso estudié psiquiatría. Siempre me he preguntado qué puede llevar a una madre a dejar de dirigir la palabra a sus hijas y a todo el mundo. Ahora sé que no es una patología. Es mutismo selectivo llevado al extremo. Seis años de carrera, más un año de MIR, más cuatro años de residencia, más trece años de profesión después, aún no he descifrado el gran enigma de mi madre. Se podría pensar que sería tan fácil como preguntárselo, pero cada vez que lo hemos hecho ha contestado con evasivas. Con frases como es muy fácil echar la culpa a los demás, cada cual tiene sus fantasmas o cada cual hace lo que buenamente puede. Luz de gas. Autoexcusas. Falta de responsabilidad.

Desde la muerte de mi padre la he visto más animada. También es verdad que le cambié la pauta de sertralina, pero no, no lo atribuiría solo a la química. En la Toscana parece otra persona. O quizá fue otra persona todo el tiempo anterior y en realidad ella es esta.

Aterrizamos. Por suerte mi madre no pregunta nada en el trayecto hasta su casa; como si fuera normal que nos presentáramos las hijas y el nieto en comitiva, en un viaje improvisado después de ¿cinco?, sí, cinco años sin vernos.

Debo decir que me gusta esta discreción. Yo también soy del parecer de que si alguien quiere contar algo ya lo contará. La gente suele ser muy invasiva, como Marga, que entra en el lavabo aunque esté ocupado, o mi padre, que hacía de cuerpo con la puerta abierta. En fin, no sé por qué me ha venido eso a la cabeza. Quiero decir que con mi madre no me pasa. Mi madre es como yo; bueno, no: mi madre es una versión radical y blindada de mí.

MARGA

Me gustaría rodar un plano secuencia de la llegada al aeropuerto de Florencia para plasmar con todo detalle la conversación a tres que mantenemos sin palabras. Mi madre nos espera sola, alta, enjuta y con una nueva imagen: se ha cortado el pelo y se lo ha teñido de un blanco violeta. Está guapa. Tiene un aire no buscado como de exactriz. Cuando vivía en Arnes con nosotros parecía mayor. Solo intercambiando miradas trianguladas a medida que nos aproximamos ya se sabe que:

—Hay problemas.

—¿Cómo es eso? ¿Qué es lo que no va bien?

—Ya te lo contamos en casa.

—¿Tengo que preocuparme?

—En casa, vamos para allá.

Llegamos a su casa por un camino que va estrechándose y al final el asfalto queda atrás y todo es tierra. Está rodeada de hierba que no es césped, es hierba, no sé, hierba natural, y hay dos olivos y un limonero. La verdad, y mal que me pese, es un lugar encantador. Tengo cierta envidia de este lugar que me ha quitado a mi madre, aunque nunca se lo confesaré a nadie. Tiene un porchecito con sillones de mimbre; la casa no es muy grande y desde fuera parece bastante descuidada. La casa vecina más cercana debe de estar a trescientos metros, la segunda a seiscientos y después ya no se divisa ninguna más. Nos invita a entrar y, como Remei y yo ya habíamos estado, se la muestra a Teo como si fuera una agente inmobiliaria, habitación por habitación, obviando que el niño tiene ocho años. La casa está bien, a su gusto pero bien, unas salas más restauradas que otras; una salita de estar con una chimenea para el invierno, una cocina que da al porche y donde toca el sol toda la mañana, la habitación donde duerme, muy blanca y sobria, como ella, un lavabo con una bañera antigua en medio y una habitación de invitados, pero como invitados no espera, dice, la ha llamado el cuarto de los caprichos.

—¿De los caprichos? —suelto.

—Sí, es para leer, para hacer sudokus, para meditar... —Ahí la interrumpo.

—¡Ah! ¿¿Meditas??

—¿Qué crees que hice durante los años que no hablé? —Claro. La habitación en cuestión, bastante pequeña, tampoco creáis que es un cuarto superestimulante, no. Un sillón del año de la pera que no parece muy cómodo, una mesa con una pata coja, una ventanita con rejas, una lámpara de pie y una alfombra marrón. Y cuatro cajas llenas de cosas en un rincón, entre las que me parece reconocer fotos de nosotras que antes, en Arnes, estaban en el comedor de nuestra casa y, por lo que sea, después de tantos años, no han acabado de encontrar su lugar en la casa de mi madre. Y sigue diciendo—: Para hacer estiramientos, para ensayar...

—¿¿Ensayar?? —Confieso que me hace reír—. ¿Qué ensayas?

—No pensaba decirlo pero, como después me reprocháis que no hablo, pues que me he hecho conferenciante.

—Pero qué dices.

—Doy discursos.

—¿Y de qué?

—Motivacionales.

—¿Y a qué motivas, a callarse? —Remei lo intenta pero no puede aguantarse la risa después de mi comentario, lo que me alegra como cuando éramos pequeñas y la hacía reír.

—¿Entiendes ahora por qué me marché? —Muy seria—. Porque con vosotras no puedo ser yo.

Aquí se hace ese silencio violento que nace con una impertinencia. Y proseguimos con la bienvenida. Mi madre ha comprado un colchón hinchable para dos personas y nos instalamos en su «cuarto de los caprichos». Al final acabaremos durmiendo yo en el sofá, y Teo con Remei en el colchón hinchable. A todo esto, Gerard está llamando a mi hermana compulsivamente y ella no contesta. La conversación con palabras se vuelve inevitable. La mantenemos en el porche mientras Teo juega a marcar goles con un balón pinchado y sucio que estaba tirado en el jardín y una portería que al llegar le he improvisado con cuatro ramas y dos macetas viejas.

—Bueno, qué —dice mi madre.

A Remei se le nota que no sabe ni por dónde empezar. Así que empiezo yo el drama.

—Pues dice que está hecha un lío. —Mi madre dirige la mirada hacia Remei y levanta una ceja como queriendo decir explícate. Me alegra, por una vez en la vida, no ser yo la protagonista del follón.

—Estoy embarazada.

—¡Huy! —Reconozco que eso no lo he visto venir—. ¡A los cuarenta y dos años! —me precipito a decir. Cuando estoy nerviosa digo demasiadas cosas así, de sopetón. Nada, ya está dicho. Qué le vamos a hacer. Ella me mira como desde lo alto, que es donde realmente está, y ni siquiera se digna mandarme a la mierda.

—Enhorabuena, supongo. Creía que habíais dejado de buscarlo hacía años —dice mi madre, es una de las pocas veces que la he visto descolocada.

—No, no. No. No lo entendéis.

—Me parece que yo sí empiezo a atar cabos, ¿eh? ¡Ahora no quieres tenerlo! ¡Tanto que queríais un hermanito para Teo! —Con las hermanas siempre se toman unas confianzas por las que cualquier otra persona te partiría la cara.

—No estoy segura. No. No lo sé.

—Y Gerard qué dice —salta mi madre. Pero Remei tarda en contestar. Aquí se produce otro intercambio de miradas marca de la casa. Miradas Calapuig, podríamos llamarlas. Entonces mi madre y yo entendemos que Gerard no lo sabe.

—¿De cuánto estás? —pregunto.

—Cinco semanas. —El silencio entre respuesta y pregunta siguiente oscila entre la estupefacción y el absurdo—. Lo sé desde hace dos días. Entonces compré los billetes.

Puede que sea cosa mía, que debo de ser una frustrada envidiosa, pero que mi hermana, la psiquiatra, la que está casada con el novio guapo y listo del pueblo de toda la vida, la del piso en propiedad en el Eixample, la de la vida perfecta, en resumen, me haya hecho coger un vuelo para comunicarme con cara de pena que está embarazada, me perdonarán, pero de entrada tampoco me parecería una noticia terrible o un drama, que es lo que está pareciendo.

—No se lo has dicho, ¿verdad? —dice mi madre.

—Es que diría que no es de Gerard.

Bum.

Vale.

Ahora lo entiendo.

—Quiero decir que no, no es de Gerard. Seguro.

—Uau. —No se me ocurre otra cosa.

—¿De quién es? —El hiperrealismo de mi madre parece no haber alucinado. Lo dice en un tono de absoluta normalidad. Como si sucediera todos los días.

—De quién no es lo importante.

—Mujer —digo yo. Ella me mira por encima de las gafas de cerca—. Quiero decir... un poco importante sí es, ¿no?

—No lo es.

—¿Y qué piensas hacer? —Y antes de que mi hermana pueda responderle a mi madre que no lo sabe, irrumpo:

—Tía, dinos quién es, ¿no?

—¡Quieres saberlo solo por morbo! —Salta a la vista que mi hermana es más inteligente que yo, o al menos eso llevo pensando, yo y todo el mundo toda la vida, así que si no lo fuera, da igual porque es una hipótesis mundialmente aceptada. Quiero decir que me cala enseguida.

—¿Quieres separarte? —dice mi madre.

—Es posible.

—Tendrás que cogerle el teléfono en algún momento —digo yo.

—Estoy bloqueada.

—¿Notas algo? Del embarazo, quiero decir —pregunta mi madre.

Mi hermana se queda unos segundos mirando al vacío y después dice:

—No. Ahora que lo pienso, de hecho no he dejado de medicarme. Bueno, tampoco es que se pueda hacer de un día para otro, pero vaya, supongo que también indica algo que ni me lo haya planteado.

—¿Qué estás tomando? —irrumpe mi madre en un tono repentinamente curioso, como si la pregunta formara parte de otra conversación.

—Sertralina. Empecé a tomarla hace años, poco después de que naciera Teo, cuando me di cuenta de que estaba deprimida.

—¿Depresión posparto? —digo yo. Como llevo toda la

vida entre léxico médico del que me excluyen, a veces intento fingir que lo manejo.

—Depresión normal, diría.

—¿Por qué no me dijiste que estabas deprimida? —pregunto.

—¡Porque hasta hace cuatro días estabas más verde que un espárrago! ¡Qué habrías podido hacer por mí, si no te aclarabas ni con tu vida! ¿Nos habrías invitado a Teo y a mí a un piso donde cuatro colgados fuman porros? —Me callo porque, pensándolo bien, tiene razón—. Pero si he tenido que dejarte dinero no sé cuántas veces. Si eras tú la que me necesitaba a mí. —De repente me siento muy avergonzada. Mi madre sigue imperturbable.

—Y a mamá, ¿por qué no se lo has dicho hasta ahora?

—Mamá sí lo sabía.

—Yo sí lo sabía. —Ah, vaya, en esta familia, desde el día que murió mi padre siempre me he sentido la otra. La rara. Cuando, para raras, ellas. Y de eso hace ya quince años. En este momento vuelve a sonar el móvil de Remei. Es Gerard. Nos quedamos las tres mirando el móvil como si estuviera llamando el mismísimo Hannibal Lecter.

—Tienes que cogerlo y enfrentarte a él —dice mi madre.

—No puedo.

—¿Quieres que lo haga yo? —propongo en serio. Al final responde.

—¡Gerard, amor! —dice Remei en un tono absolutamente hipócrita que me deja fascinada—. Has visto la notita, ¿no? —Se oyen sin problemas las palabras «¡Tía, eres más rara que la madre que te parió!». Mi madre y yo nos miramos en este punto, como dándole la razón. «Por cierto, ¿estás bien? ¿¿¿Te parece normal decírmelo en una nota en la nevera???».

Entonces Remei se levanta de la silla y entra en la casa a hablar para que no la oigamos. Cuando vuelve nos dice:

—Todo arreglado. —Parece aliviada.

Con la lengua del silencio, mi madre y yo le pedimos las mismas explicaciones. Ella nos responde:

—¡Nooo! ¡No, no! Pero he ganado tiempo. Todo tranquilo. Todo encubierto unos días más. Si os parece bien quedaros con Teo y pasarme a recoger por la tarde con el coche, iré a dar una vuelta por el pueblo, tengo ganas de caminar sola a ver si se me aclaran las ideas. De momento nos quedamos aquí toda la semana y ya veremos.

«Ya veremos». Este es el plan magistral de mi hermana, que está preñada de alguien que da igual y que no sabe si quiere tenerlo ni si quiere separarse de su marido. Teo entra preguntando por la comida, la temperatura es de ocho grados, el cielo está gris y la humedad relativa es del setenta y tres por ciento. Todo apunta a que hoy lloverá en la Toscana.

ERNE

No digo que no me alegre de que las niñas estén por aquí. Claro que las quiero. Lo que pasa es que se me hace raro. Convivir con ellas forma parte de la vida de antes. Intento tener una nueva, una que haya elegido yo. Marga es igualita a su padre. Y la mayor, bueno, la mayor, ella no lo sabe pero la verdad es que también tiene un aire. Se parece más a mí que Marga, pero alguna expresión de su cara me resulta totalmente desconocida. Y a veces me hace sufrir.

No digo que haya fracasado en su crianza. Supongo que si las mantienes con vida, les das todas las oportunidades para ser lo que quieran (que ellas hayan querido aprovecharlas o no ya no es cosa mía) y que no se las vea demasiado alteradas ya puede considerarse un no fracaso. De Marga no me esperaba gran cosa, ya he dicho que es igualita a su padre y una tarambana. Tiene treinta y cinco años y vive con desconocidos en Barcelona, ya ves; trabaja en una floristería, que no está mal, pero me pregunto hacia dónde va su vida, si es que va a alguna parte, o si simplemente está esperando que pase algo que se la revolucione. Desde que salió con Josep Maria de jovencita no se le ha conocido otro novio-novio. ¡Ni novia, ojo! Que a mí me da igual. Aunque menos mal que no acabó con Josep Maria porque sus padres son insoportables.

Cuando se casó Remei, Marga no quería ni oír hablar de tener novio. Novio fijo, quiero decir. La idea de elegir a alguien y quedarme ahí, decía, a su lado toda la vida, me horroriza. Era como si le dijeran: enciérrate en un convento. No es que le quite la razón. Lo que pasa es que ella ha venido a jugar, por así decirlo. Ella prefería pasar del hippy al cantautor, al bohemio, al activista, al vegano, al monologuista, al escalador y al bombero (aunque estos dos últimos perfiles solían coincidir) y vuelta a empezar. Ahora ya no sé qué se le pasa por la cabeza. Vaya, ella no lo admitirá, pero diría que ahora le gustaría haber elegido bien. Y cuando tocaba. Ahora ya sabe que existen las arrugas en el cuello. Creía que tenía todo el tiempo del mundo. Hace un rato he oído que le decía a su hermana «resulta que todos los hombres solteros de mi edad arrastran hijos y exmujeres o, si se han quedado solteros, alguna tara tienen, como dice mamá». Al final me dan la razón.

Remei sacaba dieces. Estudiaba el día antes del examen y sacaba dieces. Y eso que era de esas personas que salían del examen con cara de oler huevos podridos, de que le había ido mal. Lo que pasa es que mal para ella era un siete y medio. (Yo hacía igual. De hecho, alguna vez que sacó un siete y medio le puse mala cara unos días). Al final el resultado siempre era excelente. «Es muy completita», decían todas las tutoras de los diferentes cursos. «Podrá hacer lo que quiera». Evidentemente ni se lo pensó, haría medicina como su madre. Lo que ya es más raro es que Gerard también hiciera medicina. Todo el mundo habría dicho que estudiaría arquitectura o ingeniería, o al menos empresariales, y se quedaría el negocio de su padre. Pero no, a última hora dijo que después de todo había decidido hacer medicina como Remei. ¡Debía de estar muy enamorado, el pobre! Siempre me ha quedado la duda de si Remei se alegró o no de esa decisión. Con el tiempo he pensado que me da pena que Remei, por haber tenido un novio tan perfecto, se haya perdido compartir piso con amigas; a mí me habría gustado tener un poco de libertad de joven. No es que ellos no tuvieran libertad, ¡hacían lo que querían! Pero es que pasaron de vivir con sus padres a llevar una vida prácticamente de casados a los dieciocho años. También fue raro que los dos eligieran la misma especialidad.

Pero de ahí a que ahora, con cuarenta y dos años, me venga preñada de otro... Aunque quién soy yo para reprocharle algo así, supongo. Siempre he pensado que les debo una explicación. Me consta que no entendieron que enmudeciera. Pero es que no sé, chicas, la vida es dura. Después de tanto tiempo, ya habrían podido digerirlo, digo yo. A veces no entiendo qué más quieren de mí. ¿Unas disculpas? No sé si debería avisarlas de la charla del martes. Quizá si vienen y me escuchan valdrá como disculpa.

—¡Mamá, no me digas que no tienes crema desmaquillante!

—Si no te maquillaras no tendrías que desmaquillarte.

—¡Sí, claro! ¡Si no me maquillara me ladrarían los perros!

La miro como queriendo decir venga, que no es para tanto.

—Mamá, tú y Remei sois guapas. Es algo objetivo. ¡Tú tienes sesenta y cinco años, no te maquillas y estás guapa! Si yo a los veinticinco no me hubiera maquillado... ¡es que aún sería virgen!

—¡Uf! ¿Tú crees que estas cosas se le dicen a una madre? —Marga tiene un descaro que no sé de dónde lo ha sacado. Remei no me ha hablado nunca así—. Lo que tendrías que haber hecho a los veinticinco años es acabar una de las dos carreras que empezaste. —Sé que le ha escocido porque abre la boca para contestarme pero no lo hace. A Marga y a mí siempre nos ha costado entendernos, más que hablar discutimos. No sé si no ha superado lo de su padre o si me guarda rencor por lo de no hablar. O quizá, y por duro que parezca, lo que pasa es que a mí no me gusta cómo es ella y a ella no le gusta cómo soy yo. A veces las relaciones familiares son así de simples. Querríamos que el otro fuera de otra manera—. Debería ir yendo a la estación a buscar a Remei. ¿Queréis venir y así veis el paisaje en el coche?

—Es de noche pero vale. Tampoco es que haya nada mejor que hacer. —A veces parece una adolescente. Casi siempre parece una adolescente—. ¿Has hablado con alguien del pueblo últimamente? —me pregunta Marga ya con el coche en marcha. En realidad está preguntándome por Jaume. Cree que no me doy cuenta.

—Sí, la semana pasada, creo.

—¿Con quién?

—Con Jaume.

—¿¿Ah, sí?? —Es lo que quería oír—. ¿Y qué te dijo? ¿Lo llamaste tú o te llamó él?

—Me llamó él.

Ya sé que Marga quiere más información pero espero a que me la pida.

—¿Y qué? ¿Qué te dijo?

—Esta última vez me contó por ejemplo que se había muerto su madre. —Siento su sacudida.

—¿Cómo que se ha muerto la madre de Jaume? ¿Y por qué te lo dijo a ti y no a mí, que éramos amigos?

—Qué sé yo, pues tan amigos no seríais. —Marga se

queda en silencio, siento que no se contenta con la respuesta.

—¿Os llamáis a menudo?

—No, nunca nos llamamos, pero me llamó hace un par de meses porque venían de vacaciones a Florencia para el puente de la Purísima y por si quería que nos viéramos.

—¿Y os visteis?

—Sí, claro. Vino con la familia.

—¿Qué familia?

—La mujer y la hija.

—¿Cómo que la mujer y la hija?

—Se casó. —Marga abre los ojos como platos—. La hija es de la mujer, que es viuda. Es la que le alquiló el piso en Tortosa, ¿te acuerdas?

—Pero ¿no era una mujer mayor?

—Llega una edad en la que a todos se nos pone la misma cara, hija. —Marga vuelve a quedarse en silencio un buen rato. Casi puedo oír cómo mastica la información y se la traga. Qué remedio. Pobrecita, iba detrás de él por el pueblo como una mosca.

—Podrías pasarme su teléfono.

—No puedo darte su teléfono.

—¿Por qué no?

—Porque eso no se hace, no se da el teléfono de otro sin su permiso. Y además, ¿para qué lo quieres?

—Para darle el pésame. ¡Y porque soy yo! Éramos amigos, mamá, no le sentará mal si me lo das.

—Ya se hace cargo de que le das el pésame.

—¡Mamááá! —Marga se entrega a la típica regresión adolescente de cuando tu madre no te deja hacer algo aunque tengas treinta y cinco años. Giro la cabeza a la derecha un momento para reprimir su queja con una mirada que ella ya sabe que quiere decir «Ya basta, Marga» y se acaba la conversación.

Un rato, hasta que la retoma.

—Oye, ¿y cómo es la mujer? —Vuelve al ataque.

—No seas cotilla, Marga.

—Buah, tengo curiosidad, y me preocupa cómo le vaya la vida.

—No entiendo a qué viene tanto interés por Jaume de repente. —Sí que lo entiendo. Las madres lo sabemos todo.

—Pues porque éramos amigos, se marchó del pueblo y, aparte del día del entierro de la tía Mercedes, no he vuelto a saber nada de él.

—Amigos, amigos…, ¡si eras una cría!

—Los jóvenes tienen amigos, ¿sabes? —De repente me da lástima y cedo.

—Medirá uno sesenta y cinco, pelo rubio teñido, mayor que él, más de mi edad que de la suya, discreta. Me cayó bien, casi no habló.

—¿Y a él? ¿Cómo le va? ¿Qué es de su vida?

—Acabó matemáticas y trabajaba en una academia privada de clases de refuerzo, en Tortosa. Ya no se dedica al hierro.

—Ah, mira qué bien. ¿Lo viste bien? ¿Está guapo? ¿No te preguntó por mí?

—¿A qué vienen tantas preguntas? —Me está mareando—. Creo que sí que en algún momento dijo y cómo está Margarita.

—¿Y qué le dijiste?

—¿Qué querías que le dijera? ¿Que te has licenciado en Harvard? Pues la verdad.

MARGA

En Arnes había pocos jóvenes y conocíamos a todos los chicos de los pueblos de al lado. En cuanto salía el sol, íbamos a bañarnos al Toll de la Presó, al Toll Blau, al de Vidre, a las Olles d'Horta, o ya de excursión, a la Pesquera de Beceite, a la Font de la Rabosa… Estábamos asalvajados. Nos bañábamos en el río y nos cachondeábamos de los finolis que iban a la playita. Éramos criaturas de montaña. Los chicos tenían que mostrar virilidad. Si iban al río tenían que saltar, no podían quedarse con las chicas en un rincón y bañarse hasta las rodillas porque el agua estaba helada, no. Si eras un chico te tirabas tuvieras veinte, quince o diez años, y, si no, eras un cobarde.

Uno de ellos era Jaume. Uno de los que eran cobardes, quiero decir. Yo pasaba casualmente un par de veces al día por delante de su taller; en realidad, lo utilizaba para entrenarme, porque lo que quería era aprender a hablar con chicos mayores y él era el único que me hacía un poco de caso. Cuando no estaba ayudando a su padre con el hierro estaba escuchando música u ordenando carpetas, libros, albaranes o tachuelas, tornillos y destornilladores, siempre de menor a mayor, o haciendo otras cosas que a mí no se me habría ocurrido nunca hacer. Por ejemplo, un día, tendría yo unos trece años, pasé y estaba cortándose las uñas de las manos. Hasta aquí todo bien.

—¡Hola, Jaume!

—Hola, Margarita, ¿qué haces? —Aparte de mi padre, era el único que me llamaba así, por el nombre completo.

—Doy una vuelta en bici. ¿Y tú?

—Ya ves, cortarme las uñas. Hay que ir aseado.

—¿Sabes una cosa? A mí cortarme las uñas de los pies me da dentera. De pequeña mi madre tenía que cortármelas mientras dormía. ¿Qué son esas cajitas? —Tenía cinco cajitas de diferentes tamaños, que iban progresivamente de minúscula a pequeña.

—Son para guardar las uñas. Ordenadas.

—¿Las guardas todas?

—No, después las tiro. Es solo para dejarlas en un sitio coherente hasta que acabo.

—Tiene todo el sentido, sí.

—Soy rarito, ¿no?

—A mí me pareces diferente. Eso es bueno, los chicos son malos, pero tú no. —A esa edad los chicos eran el antónimo, el otro lado del muro. Eran la atracción y la amenaza a la vez. Las chicas nunca sabíamos si estaban tirándonos los tejos o se estaban cachondeando de nosotras. Pero Jaume era todo bondad. Sonrió—. ¡Bueno, me voy! ¿Vendrás esta noche a la capillita? —La capillita era un rellano junto a una capillita, efectivamente, donde se reunían los jóvenes por las noches, estaba apartado del pueblo. Jaume no solía ir, debía de pasarlo mal, ya era mayor que los que iban y, de hecho, nunca había formado parte de ningún grupito para ir con él allí y no sentirse extraño.

Si llego a saber lo que pasaría aquella noche no se lo propongo. En el pueblo había tres grupos entre semana (los fines de semana solo quedábamos los menores de dieciséis, porque los demás iban a las discotecas y a las fiestas de otros pueblos): los jóvenes mayores, que iban de los quince a los veintipocos (los de veintipocos que estaban solteros, si estaban emparejados ya no subían a la capillita), los jóvenes pequeños y los críos. Yo estaba en el de los jóvenes pequeños por los pelos. Los críos no subían y los jóvenes pequeños subían según la benevolencia de sus hermanos mayores. Por suerte Remei era bastante complaciente y siempre me llevaba con ella a todas partes. Bueno, el caso es que los mayores jugaban al conejo de la suerte, y se montaba un gran revuelo porque se besaban unos a otros y así se descubría quién iba detrás de quién y era súper, superexcitante. Yo al año siguiente ya jugué, aunque Remei me advirtió que solo picos, nada de lengua. Pero aquel año aún no, los de mi estatus y yo mirábamos entre jijís y vergüenzas. Las niñas un poco con cara de envidia y los niños con cara de asco. Ahora que lo pienso, aquel corro era el Tinder de la época, la manera en que los jóvenes de la zona en edad de tener novio iban formando parejas, una especie de escaparate que por descarte iba poniéndote a disposición de los cuatro que quedaban desemparejados de tu rango de edad.

Entonces llegó Jaume con la moto. Sorpresa. Enseguida le echaron el ojo. Al verme se acercó a mí: ¡Hola, Margarita! Al final he venido. ¿Qué hacéis? Se empezó a oír un rumor, un rumor. De repente vemos que del corro se levanta una chica y viene hacia nosotros. Era Rebeca. Una chavala un par de años mayor que Remei, con el pelo corto y una cinta en la cabeza a lo rockabilly que se esforzaba por sacarse partido y parecer más guapa de lo que era. A mí no me lo parecía en absoluto. Su madre era soltera y no era del pueblo (era de Valderrobres) pero hacía años que habían venido las dos a vivir a Arnes. Fue directa hacia Jaume, recuerdo que desde el radiocasete del coche de uno de los chicos mayores (el Survaivor, lo llamábamos, porque nada más sacarse el carnet se estampó contra un eucalipto por el Delta y casi se parte la crisma) sonaba «More Than a Feeling» de Boston, se colocó delante de Jaume, lo cogió de la nuca y le metió la lengua hasta la muela del juicio. Entonces se oyeron aplausos, gritos y silbidos, como si hubiera marcado gol el Barça. Lo soltó después de tres o cuatro segundos interminables a un palmo y medio de mi atenta y ahora devastada mirada, que contrastaba con la de Jaume, al que le brillaban los ojos y hasta le había cambiado el color de la piel, se volvió más luminoso, más rojo, más vivo, ajeno a las risas y las bromas de todos los demás. Me dio la impresión de que se elevaba y empezaba a levitar, y eso le impedía ver que Rebeca acababa de ganar cien pelas por el morreo.

Lo que pasó después de aquella noche de verano fue lamentable. Al día siguiente Jaume se plantó con un ramo de flores silvestres delante de la casa de Rebeca. Parece que minutos antes lo habían visto cogiéndolas por las afueras. En el pueblo no puedes tirarte un pedo sin que se entere todo dios, y por eso un buen grupo de chicos pero también de adultos y cuatro viejos y Tere, que era mi mejor amiga y me lo contó, llegaron a tiempo para contemplar cómo Rebeca le gritaba que solo era una apuesta, atontado, que no me gustas, cómo quieres que te lo diga, que no somos novios ni lo seremos nunca. ¡Y no se te ocurra ponerte pesado!, ¡a ver si vas a fastidiarme el verano!

Jaume lo entendió, porque Jaume corto no era, pero nunca le habían dado un beso en la boca y lo que pasó es que siguió enamorado. No volvió a decirle nada, pero la miraba como si fuera la personificación del amor. Le duró el resto del verano, que yo sepa. Y cuando yo pasaba por su taller ya no se alegraba de verme, estaba mustio, apagado. Un poco como yo desde el día en que presencié un primer plano de su beso falso. Pero aquella tristeza tan evidente ni yo misma era capaz de relacionarla con nada en aquellos momentos.

La mia malinconia è tutta colpa tua. Mi madre sube el volumen en el estribillo de esta canción que suena en la emisora sintonizada en el Cinquecento de segunda mano en el que nos encontramos y que, según el locutor, se titula «Fine dell'estate», de un grupo que se llama Thegiornalisti. Creo que lo ha subido porque se ha dado cuenta de que yo estaba absorta en mis pensamientos y no debía de parecerle bien que me evadiera. Me da rabia cómo me trata mi madre. Aún me da más rabia que tenga razón. Quizá soy yo la que lo provoca. Quizá es que los hermanos pequeños somos pequeños toda la vida.

Ah, mira, ahí está Remei, esbelta, elegante y muerta de frío.

REMEI

Gerard y yo íbamos juntos a clase de pequeños y él era el chico perfecto. Todo el mundo me decía que había tenido muchísima suerte. Porque Gerard era listo, popular, tenía brío y carisma; sus padres, del pueblo de toda la vida, de buena familia. Su padre era constructor e hizo mucho dinero, un señor de los que siempre van impecables y tienen a la mujer trabajando para ellos a jornada completa a cambio de una cantidad de dinero semanal para que se lo administre ella sola y así crea que es independiente. «Él me da un dinero cada lunes y yo con eso hago la compra de casa, y con lo que sobra me compro unos zapatos o un bolso o un vestido, o lo ahorro, y así tengo para los regalos de cumpleaños de los niños o irme de vacaciones con él en verano». Y lo decía sin la menor vergüenza ni sentido del amor propio. Aunque esta, en mayor o menor medida, era una práctica habitual entre las parejas de antes, en las que él trabajaba y ella era ama de casa. A mi madre, mis suegros no terminan de caerle bien, aunque a mi madre no suele caerle bien nadie. En mi casa no pasaba eso con el dinero porque mi madre ganaba de largo más que mi padre, que vendía cuatro verduras en el mercado y a tres verdulerías de la zona. Pero también es cierto que a él se le veía más feliz.

Empezamos a salir de jovencitos, como Marga y Josep Maria; la diferencia es que Gerard no me dejó al marcharse a estudiar fuera, entre otras cosas porque fuimos a estudiar juntos a Barcelona. La otra diferencia con Josep Maria y Marga es que nosotros sí estábamos enamorados. De hecho, para mí (bueno, para todos) nosotros éramos la pareja perfecta, la utopía imposible. Lo hemos sido durante muchos años, o eso me hicieron creer unos y otros, pero supongo que las utopías son eso: pensamientos mágicos. Me pregunto cómo habría sido mi vida si Gerard hubiera elegido a otra chica, o si me hubiera dejado al marcharse a estudiar fuera, si hubiera querido estudiar otra carrera.

Hice todo lo que estaba pautado, lo que yo misma me pauté a fuerza de oír mil veces «Remei llegará lejos», «Remei es muy buena», «Podrá entrar donde quiera», «Continuará la saga de médicos», «Tiene el listón alto pero lo superará», «No solo es guapa, también es muy inteligente», «Qué perfecta nos ha salido esta niña, Amador» (y aquí mi padre siempre se encogía de hombros y decía el mérito es de la madre). En todo caso, yo estudiaría medicina, ni me lo planteé, sacaría buena nota en el MIR, no buena, de las mejores, para poder elegir lo que quisiera y donde quisiera, para poder tener libertad, la libertad que no había tenido mi madre, que siempre dice que la cagó al quedarse embarazada (de mí) y no poder elegir más que Tortosa. Pero nada más lejos de la realidad. Cuando Gerard anunció que él también haría medicina, debo reconocer que fui la primera en sorprenderse y, aunque mostré alegría (así podremos estudiar juntos, compartiremos los apuntes, no tendremos que buscar compañeros de piso y poco más, la verdad), por dentro me sentí un poco amenazada, como si aquello tuviera que convertirse en una competición, y además noté una pequeña muerte dentro de mí, como si se esfumaran, como en un fundido a negro, mi perspectiva de libertad y mis ganas de experimentar en la ciudad. A veces he tenido la sensación de que toda esa estabilidad precoz ha marcado profundamente el camino de mi vida.

Hoy he ido a San Gimignano a pasar la tarde. He ido paseando los tres kilómetros que separan el pueblo de la casa de mi madre, con la promesa de que ellas se quedaban con Teo y pasarían a recogerme por la noche. A cambio, he asumido el compromiso de aprovechar el tiempo sola y reflexionar sobre lo que quería hacer con el panorama que tengo. Hacía mucho, mucho tiempo que no tenía unas horas libres. Quiero decir: libres de familia; una no puede librarse de sí misma. He salido con el pretexto de que pasar tiempo sola me ayudará a despejar la mente y el caso es que me hace mucha ilusión quedarme sola. Desde que nació Teo me he sentido... ¿Cómo decirlo? Ahogada. Sobre todo al principio. Ya desde el embarazo. Hacíamos la residencia en el mismo hospital. Gerard no era tan buen estudiante como yo, pero en realidad no era necesario estar entre los veinte mejores para elegir psiquiatría (las más solicitadas suelen ser dermatología, cirugía plástica y cardiología). Yo lo sabía, querer ser una de los veinte mejores era más bien un reto personal. Me dio la impresión de que a él le daba un poco igual la especialidad, creo que eligió la misma que yo por comodidad.

A partir del día que me tocó coger la baja por un sangrado en el octavo mes, nuestras vidas, hasta entonces tan asquerosamente paralelas, empezaron a distanciarse. ¡Ya estábamos casados, claro! Ahora miro atrás y no sé por qué tuvimos que emparejarnos tan jóvenes. Boda, trabajo, casa e hijo. Al principio de nacer Teo, de las mil quinientas cosas horribles del posparto que recuerdo hay una que me asfixiaba especialmente; hablo de la necesidad, la obligación, de hacerlo todo fuera de casa juntos. Es decir: yo podía quedarme (de hecho me quedaba) con el niño todo el día en casa mientras él trabajaba, y yo lo cuidaba, lo amamantaba..., esas cosas; a veces salía a dar una vuelta con el cochecito por el barrio, pero como mucho iba a comprar un par de cosas que pudiera cargar o me paraba a tomarme un café descafeinado. Pero si había que ir a comprar, iba él solo, o los tres; si por lo que fuera había que salir de la ciudad, él solo, o los tres. Una cena: él solo, o los tres. Una jornada, un congreso, una excursión, una mani, lo que fuera: él solo, o los tres. Muchas veces, por comodidad, él solo. En todo el posparto, solo recuerdo haber llorado una tarde en la que fui consciente de que tardaría mucho en volver a ir sola donde fuera. Porque para mover toda la infraestructura que comporta un bebé y que acabe «desbaratándonos el día, mejor no ir o ir yo solo». Y de alguna manera era verdad, pero aquí nuestros caminos continuaron por senderos diferentes. Y supongo que es así, no con la llegada de un bebé, sino con la llegada de la diferencia, como empiezan a romperse las relaciones amorosas. Hasta que dejamos de ser iguales, podíamos divertirnos más o menos, pero éramos amigos, éramos dos seres al mismo nivel, o eso creía yo entonces. Cuando tuve a Teo, él era padre y yo era madre, y ya no fuimos lo mismo nunca más.

Debe de haber una fórmula matemática que calcule la distancia emocional de una pareja en un momento determinado. Entrarían en juego factores como el número de hijos, el nivel de estudios de ambos, el lugar donde viven y el estatus profesional. Y dibujaría funciones más o menos separadas. Calculo que actualmente la de Gerard y mía tendrá la forma de la AP-7 y el Eje del Ebro: quiero decir que ni se tocan. Hasta el punto de que yo me he quedado embarazada de otro y no sé cómo decírselo. Podría decir que fue un desliz, un momento de morbo, una ida de olla pero no: fue algo mucho más profundo.

João ya ha terminado el rotatorio y ha vuelto a Brasil. No creo que vuelva a Barcelona. Tiene veintiséis años. No siento nada por él, no es eso. Es más bien que João me ha hecho sentir cosas por mí, no sé cómo decirlo. Si consigo abstraerme de la situación catastrófica en la que me encuentro ahora mismo, todavía me sofoco por unos instantes, milésimas de segundo. Hasta que vuelvo a tomar consciencia de que estoy embarazada. De que ya no buscaba otro hijo. De que no es de mi marido. De que no es propia de mí esta actitud, esta flaqueza moral. De que João tiene el pelo afro, como absolutamente nadie de mi familia. No es que esté pensando en tenerlo y no decir la verdad. No. En realidad soy tan cobarde que no sería capaz. Tendría que subirme la dosis de sertralina a niveles estratosféricos para poder soportarlo. Solo lo he valorado como posibilidad. Y lo he descartado. Ya está. Pero no, si tuviera a este niño, Gerard sabría perfectamente que no es suyo; entre otras cosas porque llevamos más de tres meses sin hacer el amor. Además, eso sumiría aún más nuestra relación en esta repetición anodina de días iguales. Bueno, ¿qué relación? Si Gerard y yo nos separaríamos, claro, si le cuento que estoy embarazada de un chico de veintiséis años. Pero es que estaba tan aburrida... ¡Tan aburrida, Virgen santa! Si no llego a liarme con João me habría apuntado a cualquier actividad ridícula para conocer a alguien. Cualquiera, el primero que fuera un poco más divertido, o que me hiciera un poco más de caso que el doctor Borrull, ¡el gran psiquiatra que publica resultados de estudios de investigación mientras yo crío a su hijo! ¡El que concede entrevistas a expensas de mi tiempo!... Estoy buscando motivos, excusas para justificar lo que he hecho, ya lo sé. Parezco mi madre. Mierda. Si solo hubiera tenido un lío y ya está, de verdad que no tendría ningún remordimiento. Entra en el curso natural de todo matrimonio duradero, supongo, ¿no? Lo he visto en varias series de mujeres maduras pero modernas. El desliz ha sido el embarazo, sin duda. Es solo que en la vida de una mujer llega un punto en que una se siente tan..., no sé cómo decirlo, ¿impersonalizada? Tan fuera. Tan poco mujer. Si has parido y se te han caído los pechos y la papada, y nunca más tendrás la barriga lisa y no has tenido tiempo ni ánimos para contratar a un entrenador personal que te devuelva a base de sudor, agujetas e indignidad una figura parecida a la de antes. Si te ha pasado todo esto, y tu marido sigue intacto, intacto no: ¡mejor! De hecho, cada día más sexi por eso que les pasa a los hombres de dejar atrás un aire infantil para empezar a tenerlo de persona adulta, sabia, experimentada y poderosa que tanto gusta a las jovencitas, es posible que necesites que un joven imberbe con todo el ímpetu de la veintena y un pelo afro de color castaño a juego con unos ojos almendrados te mire de arriba abajo y te diga *quero transar com você* y, ya sé que no, pero vuelves a existir de una manera que habías dejado de existir. En mi caso, esta yo deseada prácticamente no ha existido o, si queréis, dejó de existir a los dieciocho años, tres después de empezar a salir con Gerard, cuando nos fuimos a vivir juntos para estudiar en Barcelona, momento en el que calculo que empezó a verme como su mujer.

—¿Cómo ha ido, Remei? —me dice mi hermana en cuanto entro en el coche.

Teo estará haciéndose mayor porque ya no me abraza como antes cuando pasábamos unas horas sin vernos, que es lo que ha ocurrido hoy. Cuatro horas de libertad. Empiezo a entender a mi madre y su decisión radical de vender la casa y venirse a vivir aquí, lejos de todo y de toda persona conocida. Aún tendrá razón Marga y yo soy de mi madre y ella de su padre, y ella se quedó «sola en el mundo». La muy exagerada. Me da rabia cuando va de víctima. ¿Qué clase de malcriada empieza dos carreras y no termina ninguna?

—¡Mhg, mhg, mhg, mhg! —Como todavía no he contestado, Marga canta el himno. Esto siempre me hace reír. A veces la estamparía pero tengo que reconocer que es graciosa.

—Bien. No me ha pasado nada malo.

—¿Y qué has decidido? —dice mi madre, para la que dos y dos son cuatro aquí y en cualquier galaxia.

—No lo sé, mamá. Y, aunque lo supiera, tampoco sería momento de dar explicaciones.

Mira que preguntar aquí, delante de Teo.

—Sube el volumen, me gusta esta canción —dice Marga.

Es «Shut Up (and Sleep with Me)», de Sin With Sebastian, debe de hacer veinte años que no la oía. Me recuerda a cuando íbamos a la capillita y jugábamos al conejo de la suerte. Que, tontos de nosotros, Gerard y yo nos sentábamos en el corro y, como ya éramos novios, si alguna vez nos tocaba nos besábamos el uno al otro y nunca nadie se atrevió a intentar darnos un beso ni a él ni a mí. Qué manera de perder el tiempo, esos corros, pensándolo bien.

Cuando llegamos, Marga deja que mi madre y Teo entren en la casa y me pregunta:

—¿Tú sabías que se había muerto la madre de Jaume?
—No sé a qué viene esta pregunta ahora.

—Sí. Me lo dijo mamá.

—¿Cómo es que a mí no me lo dijo, si Jaume era amigo mío, no tuyo?

—Bueno, quizá porque yo soy la mayor.

—Pero si tengo treinta y cinco años.

—Ya sabes cómo es mamá.

—¿Hay alguna manera de contactar con él? ¿No fue nadie de la familia al entierro? —La miro y con la lengua del silencio le digo qué estás diciendo—. Mamá no quiere darme el teléfono. Y él vino al entierro de la tía Mercedes... Me siento mal por no haber ido al de su madre.

—¡Qué bien lo pasamos en el entierro de la tía Mercedes! ¿Te acuerdas?

—¡Hosti, sí, qué cabrona! ¡Qué guarrada nos hizo con el clero!

—¡La desgracia del clero! Mira, no me lo recuerdes.

Aquí nos reímos. Quizá echaba un poco de menos a Marga.

MARGA

No sé cómo he llegado hasta aquí. Tengo treinta y cinco años y no tengo estudios superiores (no sé, creía que la juventud duraba dos décadas y en realidad solo dura ocho años). Es como si, en algún momento del pasado, esa Marga postadolescente hubiera decidido ser pobre e ignorante por mí. No tengo muchos amigos en la ciudad; de hecho, amigo amigo, ninguno. Conocidos (la línea entre amigos y conocidos es bastante gruesa) como mucho. He tenido grupitos efímeros que han desaparecido cuando han dejado de compartir piso conmigo. No sé…, tampoco es que en el pueblo tenga muchos, la única amiga de la infancia con la que mantengo el contacto, Tere, se casó, tuvo un hijo y vive en Cambrils. Gano lo justo para pagar el alquiler de una habitación más gastos en Barcelona y para permitirme salir a tomarme una cerveza los fines de semana o a cenar una vez al mes, aunque este dilema lo tengo pocas veces porque casi nunca tengo a nadie con quien salir. La gente lleva su vida, es normal. Los de mi edad están casados y con hijos, o viven en pareja, o tienen su grupo de amigos de siempre y yo todavía no entiendo cómo me lo he montado tan mal, si la asocial era mi hermana y la cariñosa era yo.

Ahora vivo prácticamente sola porque uno de los compañeros está haciendo unas prácticas fuera y la otra nunca está, se pasa la vida en casa de su novio. El piso lo administro yo porque, ni que decir tiene, soy la más veterana. Es un quinto sin ascensor ni calefacción ni aire acondicionado y tiene unas baldosas horrorosas. Si lo comparto con dos más, me cuesta cuatrocientos treinta euros al mes, casi la mitad del sueldo de la floristería, y ya he asumido que no ahorraré un duro en mi puñetera vida. Cuando decidí irme a vivir a Barcelona, cansada de que Tarragona empezara a recordarme a mi pueblo, para pagar las dos mensualidades de entrada y la fianza tuve que pedirle el dinero a Remei, y se lo fui devolviendo en plazos de cuarenta euros. Lamentable.

Soy florista. Ojalá, en realidad ni eso: trabajo en una floristería. No exagero si digo que no tengo una mierda de estabilidad económica, sentimental y es posible que ni siquiera mental. En algún momento desde el anuncio de mi hermana de que veníamos a la casa de mi madre en San Gimignano juro que he pensado que nos iría muy bien. Que me hacía ilusión, aunque no lo he expresado en ningún momento porque ellas son poco dadas a mostrar sus sentimientos. Mi padre no era como ellas. Cuando yo llegaba a casa llorando con las rodillas peladas, era mi padre el que me decía ven y me abrazaba y me consolaba; mi madre solo me miraba como queriendo decir no seas tan pava. Y yo soy como él. Aunque ahora no puedo compararme con nadie. Y si alguna vez acudo a ellas desconsolada, me miran como a una extraterrestre, como si no hablaran mi idioma. Es como si los de mi especie hubieran desaparecido. El caso es que la aventura italiana no está yendo como esperaba, no estoy sintiéndome mejor que los días libres en Barcelona, que, por cierto, son de lo más deprimentes; son como morirse un poco. Un montón de horas a solas que no acaban de ser horas de provecho y que no volverán. Como un grifo abierto de tiempo, de tiempo de estar viva. Si lo comparas con la historia de la humanidad, el tiempo de la propia existencia es algo insignificante, ridículo, cortísimo y, por lo tanto, inmensamente valioso.

A veces, en Barcelona, cansada de tener una vida tan poco emocionante, me voy sola a un bar. Tengo la ilusión mágica de que estando allí sentada en un taburete con los ojos y los labios pintados y una coleta alta que me he hecho mal con mucha precisión se me acercará alguien y me dirá: ¿quieres formar parte de mi círculo social? No sé…, no soy atractiva ni tengo ya esa ligereza de los veinticinco años, supongo. Paso desapercibida o, en el peor de los casos, doy pena o miedo si me bebo dos cervezas de más y decido mostrarme más lanzada. Ya lo he detectado. El culo me sobresale por los dos lados del taburete, los muslos se frotan el uno contra el otro cuando camino (en verano se me escaldan) y diría que no cumplo ninguno de los cánones de belleza estereotipados de la época que me ha tocado vivir. Y estoy acostumbrada, a estas alturas tengo muchas cosas superadas; guapa guapa no he sido nunca, pero quizá si me hubiera quedado en el pueblo, habría llegado a la nota de corte (esto de la nota de corte arranca de la teoría de la guapura que se me ocurrió un día lúcido, según la cual ser de pueblo te da ventaja si eres más bien poco agraciado. Digamos que funcionaría como la nota de corte de la universidad. Pongamos que a tu pueblo van a veranear cuatro chicas monas de la ciudad en plena adolescencia; por eliminación querrán enrollarse con el más guapo del pueblo —porque eso es lo que vas a hacer a los pueblos cuando veraneas y tienes quince años, tener un amor de verano, cándido e inocente como los de *Verano azul* o *Dawson crece*, ¿no?—, aunque el más guapo del pueblo, si hubiera nacido en la ciudad, pasaría totalmente desapercibido, o lo insultarían por zarrapastroso) y ahora tendría una vida más acogedora.

Pero yo no, yo creía que iría a Londres y conocería a

alguien supermolón y lo llevaría al pueblo y todo el mundo diría: ves, este sí que le pega a Marga, con lo moderna que ha sido siempre. Como si mi alma gemela tuviera que estar pintando mandalas en un puestecito mierdoso del mercado de Camden o fumada como una rata tocando el banjo en Christiania. No sé..., en mi imaginario todo cuadraba antes de empezar una vida adulta, pero después te das cuenta de que todos son una panda de colgados sin oficio ni beneficio y les gusta poco pasar por la ducha. Tampoco es que en todo este tiempo haya aprendido mucho que me sirva para vivir mejor. Y ya no es que quiera ser atractiva; lo que quiero es ser feliz o, al menos, verle un sentido a todo esto.

Y gracias que Maribel, mi jefa y propietaria de la floristería, se jubiló y traspasó el negocio a una hija (a una hija a la que no veo nunca, que parece que es economista y trabaja para una farmacéutica y ha aceptado llevar el negocio como quien empieza un hobby y solo le importa que salgan los números). Ahora trabajo de lunes a sábado a jornada completa, con alguna mañana o tarde libre entre semana, y un chico que es aprendiz va los sábados y los viernes por la tarde, y le enseño todo lo que puedo sin pasarme para que no me trinque el puesto cobrando menos. Se llama Jose, habla en castellano, es de Sant Boi y estudia un ciclo de jardinería.

En mi barrio hay muchas floristerías modernillas, lugares que a simple vista no sabrías decir si venden flores, sirven vermuts o son un coworking. Pero la floristería en la que yo trabajo no es así. Es de las de toda la vida. Flores

Maribel, se llama. Las paredes están pintadas de verde manzana, a juego con las hojas, como decía Maribel. Si fuera una floristería de las otras quizá podría flirtear con alguien, pero los clientes de Flores Maribel son también clientes de los de toda la vida. Gente clásica (jubilada). Vienen a buscar ramos de flores, hortensias, orquídeas y lirios. Alguna planta. A mí me cogieron porque estaba especializada en floristería funeraria y de cementerio. Si me apetece, más adelante lo contaré.

En algún momento del trayecto estúpido que inicié directa a ningún sitio en particular y ningún éxito en concreto se me pasó por la cabeza retomar alguna de las dos carreras que había dejado a medias. Supongo que al final opté por la comodidad inmediata; no sé, supongo que soy así, como dice mi madre, muy gansa. Lo que pasa es que no es lo mismo estudiar si te lo pagan que estudiar mientras tienes que trabajar para pagártelo tú. Y en mi casa, cuando murió mi padre, a mí aún me faltaban un par de años para tantear mi nueva vocación de periodista, pero en cuanto llevé cuatro suspendidas, mi madre consideró que no había más margen de error y que el curso siguiente la matrícula me la pagaría yo. No es que ella no pudiera pagarla (de hecho, la casa de Arnes la vendió a muy buen precio y la casa de la Toscana, como estaba medio en ruinas, le salió muy barata, o eso nos dijo). Es que mi madre, en cuestiones de valores, es rigurosa. No sé, hay algo que está por encima de la moral y ese algo es el mérito. Es decir, existe una línea que no traspasa en ningún caso. Son las normas; es estricta, exacta, minuciosa e inamovible.

Rara. Supongo que esta educación debe de funcionar en otras familias o con mi hermana. En mi caso no ha funcionado, porque en lugar de ponerme las pilas, que entiendo que era el objetivo que perseguía, yo desistí, a la primera no pero a la segunda sí.

Y gracias a eso un verano fui a trabajar a un *garden* de Tarragona. Se llamaba Floristería Flores. Como Bar Alcohol o Escuela Educación. Me hizo mucha gracia. Me había detenido a leer el cartel que decía «Se necesita gente para trabajar en invernadero. No es necesaria experiencia» justo en el momento en que por la calle pasaba un hombre mayor que le decía a un hombre no tan mayor que llevaba un delantal puesto y estaba apoyado en el tabique de la puerta de la floristería: «¿Cómo vamos, Flores? ¿Qué tal tus padres?». Esto todavía me hizo más gracia. Me hizo tanta gracia que, después de valorarlo unos treinta segundos, entré a pedir trabajo. Floristería Flores. Qué tonta. Ahora que lo pienso en retrospectiva me parece sumamente imbécil que el rumbo de mi vida estuviera regido por una absurdez tan grande como elegir el lugar en el que quieres trabajar porque su nombre te hace gracia. Esta ocurrencia basada en el humor absurdo ha acabado convirtiéndose en mi profesión. Supongo que no deja de ser el paradigma de mi vida.

Tenían un invernadero en Gaià y una floristería en el centro de Tarragona. A mí me cogieron para el invernadero, evidentemente. El primer día ya me arrepentí. Yo no había trabajado nunca. Ni en un bar, ni en una tienda, ni en ninguna parte. Creía que no lo soportaría, todo el día de pie y agachada y aquel calor. Era como si hubiera cambiado de planeta; o directamente de dimensión. Y tan poco divertido todo. Intentaba motivarme pensando en mi padre, si él había podido trabajar en el campo toda su vida, yo podría aguantar julio y agosto. Y lo hice. Pero cuando en el primer cuatrimestre seguí suspendiendo, mi madre consideró que el piso de estudiante también merecía pagármelo yo. «Si eres buena para suspender también eres buena para pagar». Así que pregunté (por preguntar no pasa nada) en el *garden* si no me querrían para todo el año. Y no, pero cuando ya me marchaba alguien gritó:

—¿Tú no eres la que estudiaba periodismo? —Parece que en efecto se habían leído el currículum. Yo asentí—. A partir de marzo abrimos sección funeraria en la floristería. —Intenté hacer un gesto de entusiasmo cuando iba por «sección», que se vio ligeramente truncado al llegar a «funeraria»—. Necesitaremos a alguien que redacte esquelas y dedicatorias para los ramos de condolencias.

—¡Perfecto! ¡Fantástico! ¡Yo encantada! —Demasiado entusiasmo para intentar compensar la mueca de antes.

En fin, primero fue un contrato en prácticas, ya que estaba en la uni y les salía mucho más barata; lo alternaba con una o dos asignaturas, las que podía pagar, pero después se ve que la sección funeraria iba como la seda. Yo quería pensar que era gracias a mi ingenio a la hora de redactar: «Nos ha dejado un hombre bueno, de uno ochenta y setenta y cinco kilos, antiguo pelo rubio y rizado, espabilado y agradable, con la dentadura muy bien cuidada. Sus hijos, esposa, hermanos, amigos, vecinos de escalera y su perro Floqui lo echaremos mucho de menos». Lo que pasaba era que a mí no me supervisaba nadie. Y yo en esa época no hacía más que fumar porros y beber cerveza con mis compañeros de piso. El caso es que veía el mundo desde esta posición: mi padre muerto, mi madre en Italia indefinidamente y mi hermana mayor casada y triunfante en Barcelona. (Me quedaba una tía abuela en el pueblo que me hacía tanto caso como yo a ella, es decir, ninguno. Nos veíamos de entierro en entierro. No tenía hijos y nunca llegamos a tener un vínculo fuerte, era muy de misa, y mi madre y ella y sus hermanas, entre ellas mi abuela, no se entendían; desde que faltó mi padre, perdimos el contacto por completo. Aun así, mi hermana y yo confiábamos en que su herencia sería para nosotras, ya que éramos la única familia que le quedaba).

En cualquier caso, corrió la voz de que las notas de despedida de la Floristería Flores «arrancaban una sonrisa a los familiares del difunto», pero también habían recibido quejas por «frívolas» o «de mal gusto». Por lo tanto, el señor Flores incomprensiblemente (ahora que lo pienso) no me echó sino que optó por proponer a los clientes que marcaran con una equis qué tipo de esquela querían, si «tradicional» o «simpática». Y yo tendría que adaptarme. La cosa triunfó y realmente me creí que tenía una especie de don, un talento que no podía desaprovechar para redactar esquelas y dedicatorias en las coronas. Fueron unos meses espléndidos. Me creía la Amy Winehouse de las esquelas. Cuanto más zarrapastrosa, resacosa y fumada llegaba al despacho, más se agrandaba mi leyenda. Se me subieron los humos. Para escribir cuatro líneas de mierda me entrevistaba antes con la familia o los amigos que la encargaban y tomaba notas para crear la dedicatoria perfecta. Volvía al piso con aires de estrella del rock. Fue una buena época, sin duda. Me compré unas Ray-Ban y las llevaba incluso en invierno, como para tener un sello personal y misterioso. E indie, que es lo que se llevaba entonces. Pasaba por el colmado de debajo de casa, compraba dos Xibecas y nos liábamos cuatro porros «para abrir boca» hasta la hora de cenar mientras les contaba a mis compañeros qué esquelas había escrito ese día e intentábamos hacerlas más ridículas todavía y nos partíamos el culo. Me comportaba como uno más. Creo que nunca se dieron cuenta de que no era un chico. Me sentía cómoda y segura en esa posición. Comportándome como un chico no podían hacerme daño. Si ellos no limpiaban, yo menos. Si ellos se tiraban pedos mientras cenábamos, yo también. Si ellos hablaban explícitamente de follarse a tal o follarse a cual, yo más (aunque en ese piso casi nunca ninguno de nosotros se comía un rosco). Los imitaba prácticamente en todo, solo me faltaba mear de pie.

En la Floristería Flores tardaron poco en decirme que querían ampliarme el horario a jornada completa y que por este motivo ya no podían hacerme un contrato de prácticas. Así que, como ya no necesitaba la excusa de la matrícula para tener el contrato, directamente dejé de matricularme pensando hay que aprovechar las oportunidades, ya lo retomaré en otra época, cuando la vida me lleve, todo pasa por algún motivo, *let it flow*, *be water*, imbécil de mí. Tampoco es que tuviera cerca a nadie más sensato que yo que me dijera que quizá me equivocaba. Aunque supongo que llega una edad en la que ese alguien debes ser tú, y si además tienes a otro es que has tenido suerte.

Total, que me quedé cuatro años en la Floristería Flores, donde enseguida me pusieron a montar coronas y ramos y a vender en la tienda, a ver si me creía que iba a pasarme ocho horas al día escribiendo esquelas. Debo decir que eso me hizo tocar un poco de pies en el suelo. Cuando mis compañeros de piso, a diferencia de mí y a pesar de todo, acabaron la carrera y se marcharon de la ciudad, decidí irme yo también, a Barcelona, creyendo que allí encontraría vete a saber qué. Un mundo de oportunidades y una hermana. En mi cabeza sonaba francamente bien.

La verdad es que Remei me ayudó a encontrar una habitación con gente sensata, doctorandos y estudiantes del MIR. Haz el favor de comportarte, me amenazó. Y así es como fui viendo pasar vidas ajenas por mi piso. Personas serias que acababan lo que habían venido a hacer en esa habitación: una tesis, un examen, unas prácticas, un proyecto, y continuaban con su vida dejando atrás la mía, siempre en suspenso en un eterno provisional. Y de este modo me fui haciendo la dueña y señora de aquel piso del Poble-sec con una rotación bastante activa de habitantes y eventuales compañeros de salidas, según personalidad, hasta hoy.

En la Floristería Flores me hicieron una carta de recomendación, esas cosas que se hacían antes, que debo decir que me sirvió para encontrar trabajo enseguida (en otra floristería del Eixample, de donde me echaron a los dos meses para contratar a un familiar al que a su vez habían echado del trabajo, porque era arquitecto y estábamos en 2010). Al final, después de dar unos cuantos tumbos como camarera de cafetería, suspender unas opos para trabajar en Correos, ser cajera de súper, vendedora de bazar chino y florista en varias floristerías, me cogieron hace casi cuatro años en Flores Maribel. Supongo que conservo el trabajo porque he acabado aceptando que este es mi oficio. Me llamo Marga, mido uno sesenta y dos y soy florista.

ERNE

Al mediodía comemos lechuga del mercado del pueblo, la compré la semana pasada, judías verdes hervidas y garbanzos con sal y aceite. De postre, algunas peras. Últimamente me ha dado por la alimentación sin procesar, que es una nueva tendencia nutricional; lo leí en Instagram, me he abierto una cuenta para dar a conocer mis conferencias. Ellas no lo saben.

Conversamos con toda la atención centrada en Teo, que si qué hace en el cole, que si qué amigos tiene y qué quiere ser de mayor, y yo también le pregunto dónde le gustaría vivir y con quién. Creo que es importante. Después hacemos un pastel de zanahoria receta de mi vecina Roberta y, mientras trajinamos las tres en la cocina, como quien no quiere la cosa Marga vuelve a la carga con el tema de Jaume.

—¡Ya os vale, no haberme dicho que se había muerto la madre de Jaume!

Marga fue detrás de él toda la infancia. Jaume, el hijo del herrero… No era como los demás. Era sensible. Que no quiero decir que fuera homosexual, ¿eh? Solo que no era como los demás. Tenía un mundo interior. Era un chico de pelo oscuro y rizado, de rizos pequeños y tupidos. Quiero decir que le crecía recto hacia arriba y, si movía la cabeza de un lado a otro, no le volaba precisamente la melena al viento. Tenía los ojos un poco caídos por la parte de fuera. Debía de medir, ya de mayorcito, uno ochenta; era delgado, tenía pelo en el pecho, desde muy joven, quizá a los dieciocho ya tenía. Miraba las cosas como si en cualquier momento fueran a empezar a moverse por sí solas. Con expectativa, quiero decir.

¿Qué haces, Jaume? Cuento los higos de la higuera. Y los contaba de verdad. Se quedaba una hora y media callado debajo de la higuera y de repente soltaba «¡Ciento cincuenta y tres!». Entonces le pegaban, pobrecito mío, o le quitaban los pantalones entre unos cuantos y los lanzaban río abajo. De hecho, siempre nos lo encontrábamos caminando con el culo al aire y las manos tapándose las partes de delante por el caminito que llevaba al pueblo. Entonces yo paraba el coche y lo hacía subir, pobrecito mío, para que no lo vieran. Marga iba sentada detrás porque era muy pequeña y él se montaba delante, de copiloto. Como yo en aquella época no hablaba, él y yo nos entendíamos a la perfección. Jaume es la única persona que he conocido a la que, el hecho de que yo no hablara, parecía no incomodarlo en absoluto. No le daba la menor importancia. Era muy de agradecer. Teníamos conversaciones unidireccionales e imperativas en las que solo hablaba él: mira cómo entra el sol por encima del túnel. Mira qué árbol tan antiguo. Cuidado no atropelles al conejito. Después, cuando volví a hablar, seguía cayéndome bien básicamente porque no hacía preguntas.

Lo conozco desde muy jovencito porque le había dado repaso de matemáticas cuando yo era residente, recién llegada a Arnes; después él también dio clases de repaso a Remei. Durante una temporada, Amador y yo fantaseamos con juntar a Remei y Jaume, pero mi hija no quería verlo ni en pintura. «¡Qué horror! ¡Es el más lelo del pueblo, por favor!», decía.

El caso es que Marga lo conoce desde que ella nació, podría decirse. Se llevan quince años, los mismos que Jaume y yo. Y mi teoría es que yo tengo la culpa de que Marga se enamorara de él de pequeña. Desde el asiento de atrás y desde que tiene memoria, le vio el culo tantas veces que debió de sentirlo suyo. Un culo fuerte que ante su mirada se volvía adulto, definido, musculado, sin pelos, hasta que un día se marchó del pueblo, cansado de que lo martirizaran.

La verdad es que nunca he logrado entender por qué le hacían la vida imposible al bueno de Jaume. Venía de una familia honrada como cualquier otra, de la casa de Abelardo el herrero. Vivían en la calle Sant Joan y tenían un tallercito con paredes de piedra, donde trabajaban el hierro, en la esquina de la calle Gaudí. No tenía hermanos, cosa rara, eso sí, era el único hijo único del pueblo. A mí no me preocupaba que Marga fuera a verlo. Jaume no tenía maldad.

Seguramente he hecho muchas cosas mal en la vida. Lo que ocurre es que volvería a hacerlas. ¡Todas no! Casarme con Amador no volvería a hacerlo, y, tal como fueron las cosas, hoy en día lo más sensato habría sido abortar cuando me quedé embarazada de Remei. Quiero decir que, si miro atrás, no podría haber hecho nada de manera diferente a como lo hice, teniendo en cuenta mi personalidad, mi entorno y mi bagaje de entonces. Pero a pesar de entender que mis decisiones han herido a mis hijas, sigo considerándolas coherentes; no sé verlas de otra manera. Incluso lo de ocultarles parte de la historia familiar volvería a hacerlo. ¿Para qué saberlo? ¿En qué mejoraría su vida? ¡En nada! Solo he intentado protegerlas, pero, vaya, parecen empeñadas en quedarse unos días por aquí, así que mucho me temo que acabarán sabiendo la verdad. No creas, que ya he intentado cambiar de día la charla pero no ha podido ser. Y tampoco quiero forzar la situación, ya son mayores y están avisadas de que no les va a gustar. Si después no les parece bien, no será responsabilidad mía. Los hijos no lo piensan pero te exigen más de lo que humanamente se puede dar. Incluso ya adultos esperan que respondas por ellos. No ven dónde acaban ellos y dónde empiezas tú, y creen que todo lo tuyo es suyo. Que tu vida les pertenece. Que las madres no tienen vida privada. Si decides por ellas, mal. Si no decides por ellas, mal también. Ya verás cómo me harán reproches pase lo que pase.

MARGA

Resulta que la semana pasada murió la madre de Jaume. Me cago en la sota de oros. Llevaba años, y no es un decir, esperando una excusa para volver al pueblo y ver a Jaume otra vez. Siento que he perdido el último tren. Llega un punto en la vida en el que solo te encuentras a la gente de tu infancia en los tanatorios.

Recuerdo que Jaume caminaba dando saltitos sincopados por el pueblo, intentando no pisar las líneas del pavimento o seguir líneas rectas invisibles que salían del final de cada esquina. Mientras era pequeño no pasaba nada, pero empezó a ser raro que siguiera haciéndolo pasados los veinte años. Un día del verano siguiente al del morreo con Rebeca, nos encontramos por el camino que va al Toll de la Presó. Tere y yo íbamos en bicicleta y él frenó la moto a nuestro lado.

—¿Vais al Toll?

—¡Hola, Jaume! ¡Sí!

—¡Nos vemos allí, no os canséis!

Cuando arrancó, Tere me dijo:

—Tía, ¿por qué hablas con este rarito?

—No es tan rarito, a mí me cae bien.

—¡Que no es tan rarito, dice! Siempre va solo, dice cosas raras, hace cosas raras… ¿Qué más hay que tener para ser rarito? ¡Si camina esquivando líneas imaginarias! Además, seguro que todavía es virgen, a su edad.

—En aquella época hablábamos mucho de quién debía de haber mojado ya y quién todavía no. Perder la virginidad era una especie de ritual de paso a la juventud oficial. De repente eras mayor, adulto. Si habías mojado podías fumar, moverte con total seguridad y discutir las cosas desde la experiencia de una persona mayor. Eso si eras un chico, claro. Si eras una chica, esta actitud debías manifestarla con discreción, a menos que llevaras dos años con tu novio.

—Lo que le pasa es que tiene una patología leve que se llama trastorno obsesivo compulsivo. —A mí me gustaba hacerme la sabelotodo copiando frases médicas que oía decir a mi madre—. ¿Y con quién quieres que vaya, además, si nadie quiere ser su amigo?

—Tía, no te gustará, ¿no? ¡Uf! ¿Por qué lo defiendes?

—Tía, ¡qué dices! —Esas palabras me aturdieron y me avergonzaron, porque yo no había contemplado esa posibilidad hasta que la oí en voz alta. Y por eso seguí hablando con la rabia necesaria para disimular la vergüenza y no levantar sospechas—. ¡Con lo mayor que es! ¡Por favor! ¡Si ya sabes que a mí me gusta Josep Maria! Es solo que me da pena, pobre desgraciado. Da pena. —Inmediatamente después de decirlo me llegó un olor a podrido. Era yo dándome asco.

En el pueblo todo el mundo sabía quién le gustaba a

quién. Y no podía ser que no te gustara nadie. Quiero decir que tenías que decir un nombre cuando te insistían y a ti quién te gusta, chica, quién te gusta. Al final, cansada de rehuir la pregunta, aquel verano, cuando me senté por primera vez en medio del corro del conejo de la suerte, decidí que el mal menor de los que estaban allí sentados para recibir un pico era Josep Maria. Yo funcionaba así: no podía gustarme el guapo, tenía que gustarme el factible. Llevaba gafas redondas con las que parecía buena persona, tenía el pelo muy fino, estaba un poco gordito y era amable, sobre todo era amable en el sentido de poco espabilado, poco capaz de humillar a nadie. Pensé que, a unas malas, no me humillaría. Pues bien, ese mediodía, cuando llegamos al Toll de la Presó, Josep Maria estaba allí también.

Tere era la guapa de las dos. Vaya, y del pueblo. La que alcanzó la nota máxima de su quinta, para que nos entendamos. Todos iban detrás de Tere. Por contraste, yo me veía fea; normal. Al otro lado de la poza estaba Jaume, solo, comiéndose un bocadillo que sujetaba con las dos manos y con un libro abierto a su lado. Me pareció tierno que sujetara el bocadillo con las dos manos. Me habría gustado ir a sentarme a su lado y dárselo yo con las mías. Además de ayudar a su padre en el taller, hacía un par de años que había empezado a estudiar matemáticas por la UNED, porque no quería quedarse en el pueblo haciendo de herrero. Bueno, básicamente que no quería quedarse en el pueblo, me había dicho.

Volviendo a la poza: Josep Maria, empujado por la

euforia (o no sé si llamarlo presión) testosterónica adolescente de sus amigos reunidos, se acercó a donde estábamos nosotras y se sentó a mi lado.

—Marga, ¿quieres que vayamos a dar un paseo esta noche? —Yo me asusté muchísimo porque eso quería decir: ¿quieres que nos enrollemos esta noche? Pero estaba claro que yo había tomado la iniciativa en el corro del conejo y ahora debía aceptar las consecuencias.

—Vale —contesté sin levantar la mirada del suelo.

—¿Quedamos a las diez en la barandilla?

—Vale. —Entonces se levantó y volvió al corro con sus amigos. Pero antes me dio un beso en la mejilla. Yo enseguida miré si Jaume estaba mirando, y sí miraba. Los demás aplaudieron. Tere, con la confianza que da ser guapa, les hizo un gesto como para hacerlo aún más obvio.

A las diez de la noche en punto fui a la barandilla. Estaba nerviosa. Le pregunté a Tere qué tenía que hacer, ella ya tenía experiencia en citas con chicos. Me dijo:

—Seguramente os enrollaréis. ¡Tú déjate llevar, chica! Y ponte guapa, hija.

Le pregunté a Remei si podía dejarme una camiseta apañadita. Me dejó excepcionalmente lo que en los noventa llamábamos un top, «pero no dejes que te toque las tetas, ¿me oyes?».

De camino a la barandilla, tenía la sensación, por como vestía, de que iba a hacer de gogó a una discoteca. Los dos niños que me encontré por la calle se dieron codazos como diciendo mírala, esta va a lo que va. Cuando yo llegaba, Josep Maria también.

Después de más de media hora de un lado para otro manteniendo conversaciones alocadas (¿qué te gusta hacer?; no sé, lo típico, ¿y a ti? A mí también), dije estoy cansada y él dijo enseguida yo también, vamos a sentarnos ahí. Total, que se abalanzó sobre mí de una manera que tuve la sensación de que me atropellaba un camión. De repente no sabía qué me estaba pasando pero tenía una lengua intrusa dentro de la boca, se movía muy rápido y ocupaba mucho sitio, sentía como un ahogo y unas cuantas manos que no podían ser más de dos pero parecían cuatro o cinco me tocaban entera, de arriba abajo, sin ninguna gracia. Yo, tiesa como un pasmarote. Estuvimos así un rato, que igual fueron dos minutos o tal vez media hora, no puedo decirlo. Demasiado, en todo caso. Pasó una señora que murmuró «esta juventuuud», como si le molestara. También pasaron Joan Marc y Ramon, que claramente habían ido a espiar y, ya puestos, a animar, como si aquello fuera un partido de tercera regional. ¡Dale fuerte, Josep Maria! ¡No te lo crees ni tú, tío! ¡Tócaselo todo!, ¿eh? En el pueblo no había secretos. Todo el mundo sabría, para siempre, que el primer chico que me tocó los pechos fue Josep Maria de los Manso.

Me aparté de golpe y dije:

—Tengo que irme.

—Vale, ¿te ha gustado?

—Sí —contesté medio sonriendo mientras pensaba que no había pasado más asco en mi vida.

Volví a casa con ganas de vomitar y limpiándome los morros. Al llegar, mis padres ya sabían que me habían magreado. Me parece que llevaba la palabra deshonra escrita en el top de mi hermana. Imagino que a él lo recibieron en casa entre aplausos, champán y pastas. Mi madre se limitó a mirarme negando con la cabeza. Mi padre soltó:

—Más vale que ahora seáis novios. —Y nada más. Volvió a fijar la mirada en la tele con toda la decepción estampada en su cara.

Así que al día siguiente, cuando Josep Maria pasó a recogerme yo salí, y cuando quiso cogerme de la mano yo no me negué, y cada vez que quería besarme en la boca yo no me apartaba, y supongo que así, desde el descontrol absoluto y la vergüenza, fue como pasamos a ser oficialmente parejita.

—Se comenta que ahora tienes novio —me dijo Jaume poco después, una tarde que me detuve en la puerta de su taller.

—Bueno, nada serio.

—En el pueblo las cosas siempre van en serio. —A eso no pude replicar.

—¿Qué haces? —Intenté cambiar de tema.

—Iba a ver un videoclip porque quiero aprendérmelo. —Jaume tenía veintinueve años pero a mí a veces me daba la impresión de que era un crío—. ¿Quieres verlo?

Asentí con la cabeza con urgencia. Fuimos a un cuartito que había al fondo e introdujo un VHS en el aparato.

—¡Esto es oro, Margarita! Tú no lo sabes pero este vídeo es imposible encontrarlo en este país. —Cuando iba a ponerlo en marcha se detuvo un segundo y mirándome me dijo—: Margarita, ¿tú tienes pinturas de esas de la cara? De chicas, ya sabes.

—La verdad es que el otro día le cogí un lápiz de ojos a mi hermana, pero aún no lo he usado. —Saqué de la riñonera dos dedos de lápiz negro al que ya no se le podía sacar más punta.

—¿Me los pintarías a mí?

—¿Los ojos?

—Sí, píntame los ojos. —Así que se sentó en una silla de mimbre desgastada y yo me quedé de pie delante de él, me incliné un poco y por primera vez le cogí la cara con las dos manos, con la izquierda le presioné un poco la mejilla hacia el suelo para bajarle el párpado y con la derecha le hice una raya justo en la línea que le recorría las pestañas inferiores. Me pareció que le quedaba guapísima. Y entonces, como me había gustado esa proximidad, le pedí que me los pintara él a mí. Pero él me dijo píntatelos tú que te quedarán mejor. Ahí me di cuenta de que Jaume era un niño más inocente que yo. Me los pinté y desde entonces decidí que me los pintaría siempre, como una marca de identidad, y todavía lo hago.

El vídeo era un concierto de Joy Division grabado del *Top of the Pops*, que le había traído de Londres el viajante de su padre. Un hombre de Girona que, decían las malas lenguas, había hecho la mili con su padre y, desde que Jaume era mayorcito, estaba enamorado de él. Era camionero y siempre tenía una excusa para parar en el pueblo para verlos y traerles cosas modernas, además del material que le pedía su padre, claro. Una vez Jaume se puso un pañuelo en el cuello que le había traído del sur de Francia bajo la premisa de que allí todos los chicos lo llevan, Jaume, serás un adelantado a tu tiempo. A los diez minutos de llevarlo puesto, ya le habían pegado cincuenta mil collejas, pobrecito mío.

Metió la cinta en el aparato de vídeo y encendió la tele y se veía y se oía como se veían y se oían entonces las cosas grabadas en VHS, mal, pero era lo único que conocíamos, es decir, una maravilla. Apareció Ian Curtis y el resto del grupo en un plató de televisión de la BBC y empezó a sonar «Disorder». Y allí me teníais, sintiéndome una espectadora privilegiada no solo del vídeo sino también de Jaume viendo el vídeo. Empezó a imitar los movimientos del cantante, aquella manera tan extraña de moverse, que no sabías si era moderno y transgresor o si le faltaba un hervor. Y Jaume, imitándolo, dejaba exactamente la misma duda. Pero a medida que los miraba, fue hipnotizándome ese universo sincopado, nervioso y tranquilo a la vez, y tengo grabada a fuego la imagen de Jaume sudado, serio, concentrado, con los ojos subrayados bailando como Curtis una canción de perdedores. No sé qué me pasó, quiero decir por dentro, como una inquietud. De repente ya era una de ellos, de repente formaba parte, desde ese mismo momento, de ese nuevo mundo de outsiders.

Salimos del taller extasiados, él de ser libre, yo de encontrar vida en Marte. Hacía un calor irrespirable, como todos los veranos en Arnes. Debían de ser las cinco de la tarde y en los pueblos enseguida se nota cuando ha pasado algo. Es como si el rumor de la gente emitiera una frecuenca sonora solo apta para los oídos de los autóctonos. Dos mujeres que pasaban por la calle, nada más vernos, nos dieron instrucciones ante el último suceso.

—Jaume, tira para casa que tu primo Joanet... —Y ahí se calló.

—¿Qué? —dijo él.

Yo todavía estaba un poco preocupada por si aquellas dos vecinas me habían visto salir del taller con Jaume, los dos sudados, y habían pensado lo que no era, y más ahora, que en teoría yo tenía novio. Pero oír eso me devolvió de sopetón a la calle Gaudí y me uní a la conversación.

—¿Cómo, cómo? —Aquí una de las dos en un ataque de drama se echó a llorar.

—¡Que se ha muerto el niño, hijo mío, con lo pequeño que era! —Jaume se quedó petrificado, con la cara desencajada, y no supo decir nada.

—¿Qué ha pasado? —pregunté yo. Se miraron como si estuvieran esperando la pregunta. Una de las dos le cedió con un gesto a la otra, como una asistencia de gol, el placer de dar la exclusiva, que más que el hecho de que se hubiera muerto un niño de dos años, era cómo se había muerto.

—De un atracón de avellanas.

—Vale, voy para dentro —dijo Jaume dando por buena esa explicación de mierda.

—Cómo va a morirse uno de eso —dije yo como única representación de la cordura de la calle.

—Si no te lo crees pregúntaselo a tu madre, ahora que habla, que estaba en el hospital cuando lo han llevado. ¡Que aquí no estamos para cotillear!

Cuando me giré, Jaume ya había desaparecido y yo me fui a toda pastilla a casa. Al llegar, no había nadie y tuve que esperar a que lo hiciera Remei con la urgencia de contar un suceso como ese. Es lo que pasa con las noticias tan gordas, que queman en la boca y tienes que pasarlas a otro que aún no se haya enterado para que dejen de quemarte a ti.

Con Remei estuvimos discutiendo sobre la posible causa de la muerte. «¿Y cómo han podido dejarle comer tantas avellanas a un niño tan pequeño?». «¿Y crees que se lo inventan, si no?». «¿Qué esconden para inventarse algo así?». Hasta que llegó mi madre del hospital y sentenció la conversación con una sola frase, seca como un anís:

—Era alérgico a los frutos secos y lo han descubierto de repente.

Así que nos acicalamos y caminamos dos minutos hasta la casa de los Monjo. Medio pueblo estaba en la calle. Gente llorando, gente hablando de aquella manera que es floja y fuerte a la vez, con los ojos vigilantes, mirando a derecha e izquierda. Mi madre nos había dado instrucciones precisas. Odia estas situaciones.

—Entramos directas, no nos quedamos fuera a comentar nada con nadie. Hablar por hablar solo trae problemas. —No es que discrepara de mi madre, solo que yo era más sociable. A mí me ocurre que, aunque a menudo pienso qué pedazo de gilipollas, soy incapaz de demostrarlo y soy un encanto con todo el mundo por igual. De manera que nadie puede saber si me cae bien de verdad o si solo estoy siendo amable. En este sentido, envidio a mi madre, que si habla es solo para justificar la coherencia entre lo que piensa y lo que hace. Y si no te parece bien, revienta.

La casa donde había el velatorio era una planta baja, bastante grande, con un pequeño patio al final. El niño muerto estaba en su habitación. Habían arrimado la camita contra la pared y en su lugar había un ataúd de color beige. La cama de su hermano mayor, con el que compartía habitación, sí estaba allí, tal cual. Menos mal que él no estaba y espero que no tuviera que ver el ataúd como compañero de habitación, de lo contrario, supongo que no habría podido volver a dormir tranquilo. Le quedaban todavía muchos años de dormir con la ausencia. Jaume también estaba en la casa, los dos llevábamos aún los ojos pintados. La madre de Joanet era la hermana pequeña de la madre de Jaume; eran cinco hermanas, hijas de Cal Monjo. Con una de ellas no se hablaban, cosas que suceden en las familias. Jaume estaba sentado en una silla en un rincón del comedor, solo. Movía los labios como hacen algunas personas cuando piensan, hablan para sus adentros. Nadie le decía nada en una tarde como aquella, lo que quería decir que, por una tarde y ante la desgracia, lo respetaban. ¡Solo faltaría! La casa de los Monjo era sin duda el lugar idóneo para mantener una de esas conversaciones faciales con mi madre, a la que se sumó Remei. Como le indicó mi madre con la mirada, Remei, que había heredado la parte pragmática de mi madre y la parte social de mi padre, y, por lo tanto, era la mezcla perfecta, hizo de portavoz a la hora de expresar las condolencias a la madre del niño, que no hacía más que llorar y no entendía nada de lo que le decían. El padre permanecía callado, apoyado contra la pared, con muy mala cara. Cuando nos dirigíamos hacia ellos, mi madre nos dijo flojito utilizando solo la mitad de los labios que estaba más cerca de nosotras: «Típico cuadro de estrés postraumático», como si esa información pudiera ayudarnos de alguna manera a tener un comportamiento adecuado. Lo hizo mi hermana, que por algo era mi ídola:

—Te acompañamos en el sentimiento, Mercedes. Lo sentimos mucho. No tenemos palabras. —De hecho, era literal—. Si necesitáis cualquier cosa ya sabéis dónde estamos. —Mi madre desde un segundo plano asintió con los labios tensos y los ojos cerrados, con esa cara de gravedad, y no dijo nada. Yo me limité a ponerle la mano en el brazo a aquella pobre mujer, como un perro cuando da la patita, aunque me impresionó bastante ver a un crío muerto a un metro de distancia. Mercedes arrancó el llanto con energía otra vez y le dio por abrazarme. Me dejó la camiseta empapada de lágrimas y de mocos. Yo, con los ojos muy abiertos, le decía con las cejas a mi madre:

—Por el amor de dios, rescatadme.

También con las cejas, mi madre me respondió:

—Aguanta un poco, Marga, ¿quieres?

—Tengo los pelos de punta, mamá, sacadme de aquí.

—No tengo ni idea de cómo hacerlo, aguanta un momento que ya termina.

Por suerte pude establecer contacto visual con mi padre, que no hablaba tan bien la lengua del silencio pero sabía reconocer mi cara de pánico. Y llegó, sucio como una araña, porque vino directo del huerto, y gritó: «¡Margarita! ¡Estabas aquí! ¡Ven, que te buscan por allí!». Y salimos a la calle a comernos unos dulces que había traído la señora Carmeta. Cuando volví a entrar, mi madre estaba hablando con Jaume. Yo los miraba de lejos mientras mi hermana mantenía conversaciones normales y adecuadas con unas cuantas personas que había allí. Jaume tenía conversación si le dabas el espacio para tenerla, y esa era la especialidad de mi madre: dar pie a que hablara el otro. Yo los miraba sentados ahí, en dos sillas, en el comedor de una casa antigua y me daba mucha vergüenza, porque horas antes, al menos así lo había vivido, Jaume y yo habíamos tenido un momento de intimidad. Una intimidad mucho más íntima que la que había tenido con Josep Maria aquel día en la barandilla, aquello había sido algo mucho más explícito, público y chapucero. No, con Jaume estábamos solos y él me había mostrado algo suyo, muy suyo, mucho más privado que si me hubiera mostrado el pito, que, en realidad, ya le había visto muchas veces, como todo el pueblo. Me había mostrado cómo era él cuando era él, como si nadie lo viera. Y teníamos un secreto, había algo suyo que solo sabía yo. Admiraba a un tal Ian Curtis, según me había contado, «un chico con mucho talento, incomprendido, epiléptico y deprimido que había acabado suicidándose a los veintitrés años porque creía que la vida en absoluto lo quería». De repente me vino la idea loca de que Jaume quisiera suicidarse, como Ian Curtis. Aunque no parecía tan atormentado como el cantante, de hecho, parecía más bien que tenía una paciencia infinita y una bondad por encima de lo normal. Pero en mi opinión toda esa rabia contenida debía de estar dormida entre las costillas y un día despertaría.

Cuando mi madre dejó el asiento libre fui a sentarme al lado de Jaume. Para mí era como un experimento. Jaume era un poco mío, aunque solo lo sabía yo. Con él podía ser otra. Otra que era yo, porque con él no tenía que fingir nada ni sufrir por si se reía de mí, porque de quien se reía la gente era de él.

—Jaume, tú no te suicidarás, ¿verdad que no? Como el de Joy Division.

Jaume esbozó una sonrisa triste.

—¿Vendrías a mi entierro?

—Iría todo el pueblo, estas cosas ya sabes que aquí no se las pierde nadie.

El pueblo era nuestro universo. Las noticias locales y los rumores, y el consiguiente desmentido o constatación, eran lo primero y más importante. En todo caso al mediodía veíamos las noticias de las comarcas, pero nuestro gobierno era el ayuntamiento, y todo lo que decían en la tele nos quedaba muy lejos, era como si hablaran de otros, de otro país. Era feliz y no lo sabía en esa especie de sitcom con un pequeño decorado. Con unos personajes reconocibles, un atrezzo familiar y una trama previsible. Aunque a veces, como en todo buen guion, las tramas tenían giros inesperados.

REMEI

El día que mi madre empezó a hablar fue para verlo, también. Marga no la había oído en su vida articular palabra. Algún sonido quizá sí, algún estornudo. De hecho, un día iba descalza por casa y sin querer se golpeó tan fuerte con la pata del sofá que por poco se deja el dedo pequeño clavado en él, ese día la oímos pegar un grito. Un grito reprimido al instante, pero un grito al fin y al cabo. Yo debía de tener ocho años y hacía tres que no oía su voz. Aquello me resultó sospechoso, pero no dije nada. Marga se pasó toda la mañana llorando. Un llanto sentido. Pero como después nuestra madre no dijo nada más, no podía considerarse que ese día hubiera vuelto a hablar. Cuando yo era pequeña recuerdo que hablaba. Pero mis recuerdos son muy borrosos. Tampoco era una mujer muy habladora, igual que mi padre. Quizá por eso les funcionaba el matrimonio, a base de conversaciones evidentes y breves.

Después del golpe en el sofá aún tuvieron que pasar seis años más para que arrancara a hablar. Y fue para darnos una orden. La cosa fue así: estábamos a la mesa de la cocina, acabando de comer, habíamos comido una ensalada verde y muslitos de pollo a la plancha. Estábamos cortando melón y de repente se oyó: no lo cortes tan gordo. O sea: no lo cortes tan gordo. No-lo-cortes-tan-gordo. Nueve años y dos meses callada y elige esta frase. Quizá los años anteriores siempre habíamos cortado el melón lo bastante fino, quién sabe, quizá como lo hacíamos todo bien no necesitaba decir nada. Mi hermana y yo hicimos el mismo gesto sincronizado de abrir la boca un poco, mirarla y soltar el tenedor muy lentamente a la vez. A mi padre, en los primeros tres segundos le pareció normal. Entonces reaccionó. ¡¡¡Erne!!! ¡¡¡Has hablado!!! Uy, sí, dijo ella, también un poco sorprendida. Entonces se quedó callada con cara de no saber qué más decir durante un buen rato. De hecho nosotros tampoco, bastante desconcertados. No sé cuántos segundos duró el desconcierto, mirándonos los unos a los otros con mucha urgencia. Mi hermana puso cara de echarse a llorar pero enseguida le hice un gesto de que no era el momento. Mi padre y yo no estábamos dispuestos a centrar la atención en ella. Al final fue mi padre quien rompió el silencio.

—¿Y ahora qué haremos?

—¿Qué quieres decir con qué haremos? —contestó ella.

—¿Ahora ya hablarás siempre?

—No lo sé. Supongo que en todo momento no. ¿Es un problema?

—¿Estáis discutiendo? ¡No me lo puedo creer! ¿La primera conversación que tenéis en diez años y estáis discutiendo? —intervine. Alguien tenía que poner sentido común.

Mi madre ya no habló más ese día, hasta la hora de acostarnos, entonces dijo: «A dormir», mirando a mi hermana, como asumiendo que era la única de la casa a la que, por edad, podía ordenarle que se fuera a la cama. Yo las seguí sin que me vieran y las observé desde la puerta. Fue como todas las noches pero con voz, como si alguien hubiera subido el volumen. La acompañó al cuarto e hizo lo que hacía siempre (esperar a que se metiera en la cama y darle un besito en la frente), la única diferencia era que esa vez iba acompañado de la verbalización del acto: Venga, métete en la cama. Buenas noches, pequeña, mua. Mi hermana, años después, cuando todavía hablábamos bastante a menudo, me contó que aquel «buenas noches» le sonó a música de Wagner, bueno, no lo dijo exactamente así. Nunca, nunca en su vida su madre le había dicho buenas noches. Ni de pequeña. Se notaba que intentaba no llorar y entonces consiguió preguntarle:

—¿Cómo es que ahora puedes hablar?

—No lo sé. Se lo preguntaré al médico. —Mi hermana en ese momento no debió de caer en la cuenta de que ella era médica. Pero yo sí. Eso también me pareció muy sospechoso. Reconocí una voz aguda que tenía casi olvidada.

Recuerdo también que dos o tres noches después, cuando Marga ya estaba en su cuarto y yo en el mío, oí a mis padres gritarse. No estaban haciendo el amor, no, aunque yo entonces todavía no sabía qué ruido se hacía cuando se hace el amor, pero sí sabía lo que era discutir; lo había visto en la tele y por la calle, y a veces, muy pocas, había discutido con mi padre. Mi madre, como no hablaba, se había ahorrado las discusiones preadolescentes, que había asumido mi padre, pero poco, porque a mi padre no le gustaba nada discutir. Discutían, aunque solo fui capaz de distinguir tres frases, que fueron: «Necesito una explicación, Erne», «No lo entiendo», y de ella: «Necesito tiempo».

Como decía, mis padres formaban una pareja un poco extraña. Mi madre era una mujer sofisticada, culta, alta, esbelta y guapa. Mi padre era campesino, un hombre humilde, sin estudios, calvo, no muy alto y no muy delgado, por decirlo de algún modo. De joven debía de tener mejor planta, porque, si no, no me lo explico. Lo único que se sabe de su emparejamiento es que se conocieron en las fiestas de Valderrobres, en un concierto de la orquesta Cimarrón; aquel verano, después de terminar la carrera, mi madre había ido unos días con su amiga Cinteta a Beceite, adonde los padres de otra amiga, Conxita, solían ir a cambiar de aires. Pero ninguno de los dos ha explicado nunca cómo fue el flirteo, es decir, qué paisaje formó el sendero que los llevó de ser dos desconocidos hasta la cama.

Un par de semanas después de que volviera a hablar, se produjo una declaración oficial en el comedor. Una especie de rueda de prensa doméstica. Estuvimos mucho, mucho rato esperando pacientemente a mi padre para estar los cuatro presentes. En aquel momento estábamos las tres en el comedor, sentadas Marga y yo en el sofá y mi madre en uno de los dos sillones. Las palabras de mi madre fueron: «He quedado a las siete con vuestro padre, pero, como siempre, vendrá a la hora que le parezca. Ahora nos quedaremos aquí esperándolo para que seamos conscientes del valor del tiempo y nunca hagáis esperar a los demás». Así que nada, en lugar de dedicarnos a lo nuestro (es decir, jugar en el cuarto en el caso de Marga o hablar por teléfono con una amiga en el mío) y cuando viniera mi padre reunirnos en el comedor, estuvimos sentadas así y en silencio hasta las nueve y veinte de la noche, que es la hora en que llegó mi padre, sucio como una araña, y todo le pareció, como siempre, de lo más normal. Eso explica que no pudiera entender por qué lo esperaban tres mujeres de diferentes edades enfadadas, mirándolo como a un ladrón de minutos de vida. Incluso Marga, que siempre lo defendía y le reía todas las gracias, aquella tarde estaba asqueada. Creo que fue la vez que más cerca ha estado de entender remotamente a nuestra madre.

—Siéntate, Amador. Tus hijas y yo ya te hemos esperado bastantes horas.

—¿Cómo que me habéis esperado? Si estabais en casa.

—Habíamos quedado en que a las siete tendríamos una reunión familiar, ¿no?

—Bueno, las siete... Te he dicho que cuando acabara vendría.

—Y yo te he dicho que hoy, por una vez en la vida, acabaras a las seis y media. Me disgusta que no haya podido ser. —Entonces mi padre empezó a poner excusas relacionadas con sulfatar, deschuponar, los perros, el aceite del tractor y no sé qué embrollos más que había considerado más importantes que nuestro tiempo.

Mi madre nos tenía donde quería en ese momento. Ideológicamente con ella.

—Hueles que echa para atrás, Amador. Haz el favor de ducharte que ya no nos viene de diez minutos.

Pasados los diez minutos más los diez minutos más que había invertido en hacer de vientre, según nos informó al bajar, comenzó la reunión. A esas alturas ya estábamos convencidas de que nos dirían que, ahora sí, se separaban y que pasaríamos a ser las primeras hijas de separados del pueblo, después de haber sido las primeras hijas de una mujer que se había quedado muda de un susto del pueblo. Pero no. En cuanto empezó la rueda de prensa nos dimos cuenta de que mi padre era un asistente más. Se sentó en el sofá con nosotras y se limitó a escuchar lo que decía mi madre. No sé por qué, Marga tenía una empatía extrema con mi padre. Instantáneamente se ponía de su parte e intentaba sacarlo de algún compromiso cada vez que podía. Y supongo que por eso en aquel momento hizo el gesto de cantar el himno y así liberar tensiones, pero la mirada de mi madre (y por qué no decirlo: también la mía, que en esos momentos estaba tan cabreada como ella) enseguida hizo que lo pensara mejor. Mi madre se movía en el abanico emocional que iba de tolerar las bromas sin ninguna reacción en los días buenos a no tolerar las bromas y reaccionar los demás días; quiero decir que nunca había sucedido que las bromas le entraran bien.

—He hablado con mis compañeros del hospital. Lo hemos hablado con endocrinos y neurólogos. Hemos analizado las posibles causas por las que perdí y he recuperado el habla. Todo apunta a que ha sido debido a un shock postraumático. Parece que lo he superado. Podemos continuar con la normalidad, solo que ahora, cuando me parezca conveniente, hablaré.

—¿Nueve años dura un shock postraumático? —intervine yo.

—A veces sí.

—¿Lo habéis hablado con psiquiatras?

Tengo que decir que a mí, en casa, nunca me han pegado. Pero recuerdo que en aquel preciso momento habría preferido una bofetada a la mirada que me lanzó mi madre al hacerle esta pregunta.

Y así se dio por zanjado el tema de la mudez de mi madre. Esas seis frases fueron lo mismo que pasar página. Como si hubiera vuelto a la peluquería a hacerse otro cambio de look, como si se hubiera comprado una plantilla para corregir la cojera o como si hubiera decidido volver a votar a la izquierda.

Por la tarde mi madre insiste en que vayamos a visitar a Roberta, la vecina que vive más cerca. Como llueve vamos en coche.

—No pensaba decíroslo pero como estáis aquí, tendré que hacerlo: este martes tengo una charla en Siena —deja caer mi madre, como quien no quiere la cosa, con las manos al volante y la mirada en la carretera.

—¿A quién vas a oír? —pregunto.

—Que la doy yo, digo.

—¡Caaalla! ¿Tú? ¿Así que iba en serio lo de que te habías hecho conferenciante? —interviene Marga.

—Yo también pensé que era humor negro —digo yo. Mi hermana se ríe a carcajadas. La risa de Marga es una explosión.

—¿Y de qué va? —pregunta.

—De mi vida.

—Ah, mira qué bien, así sabremos algo más. —Ahora Marga opta por el sarcasmo.

—Preferiría que no vinierais. No sé si estáis preparadas.

—Sí, como para perdérselo —digo.

—Puede que no os guste lo que oigáis.

—¡Ay! ¡Que aún nos dirá que hace de actriz porno! —dice la idiota de mi hermana.

—Mamá, ¿qué es porno? —pregunta mi hijo, y yo con la cara informo a Marga que cuando bajemos del coche la mataré.

—Algo horrible que no debes ver hasta que tengas treinta años, amor.

MARGA

Bastante, bastante después de que mi madre volviera a hablar, supimos que eso de callarse durante nueve años y dos meses (repito: no hablar durante nueve años y dos meses) lo hizo de forma voluntaria. Sí, señora. Es tan posible que estuviera como una regadera como que fuera una egoísta rematada o que simplemente fuera una mente brillante muy por encima de lo que lo será nunca la nuestra y por eso no lo entendemos.

La cosa fue así: aquella tosecita que arrastraba mi padre, al final mi madre consiguió que fuera a que se la viera el médico, creo que más porque la ponía nerviosa que porque estuviera preocupada por su salud. Se marchó de casa sentado en el asiento del copiloto del coche de mi madre un martes por la mañana y volvió al mediodía con un cáncer de pulmón, él, que nunca había fumado. La gente que dice que todo sucede por algún motivo o que cada cual tiene lo que se merece me da verdadero asco. Cuando llegaron, mi madre estaba seria (una expresión habitual en ella, por otra parte) y mi padre entró serio, pero, al vernos aparecer a mi hermana y a mí en el comedor, que es desde donde nos llamó mi madre, se vino abajo y empezó a llorar desconsolado. Automáticamente yo también lo hice, es un llanto preventivo, el mío, que se me pega a la mínima, nada más ver a un adulto conocido llorar, antes incluso de saber por qué llora. Mi padre intentó explicarnos qué le había dicho el médico entre hipido e hipido; mi madre le dio un margen de, calculo, unos dos minutos, que es el límite de su paciencia, y soltó: el pronóstico en el mejor de los casos es de cinco años de vida. El chillido de mi padre debió de oírse por todo el pueblo; el mío, hasta en el pueblo de al lado. Fui rápidamente a abrazarlo y permanecimos así tanto rato que recuerdo que, cuando nos separamos, mi hermana y mi madre ya estaban en la cocina preparando la comida. Me dijo os quiero mucho a todas y que estaba muy contento de haberme conocido y de ser mi padre, que le daba igual qué acabara haciendo en la vida, solo quería que fuera una buena persona, honrada y trabajadora. Y quiso traspasarme a toda prisa cuatro enseñanzas sobre cómo plantar hortalizas. Prácticamente nos despedimos de por vida allí mismo, solo que después fuimos a la cocina, la comida ya estaba en la mesa, y él continuó haciendo vida normal sumando ciclos de quimio y días malos, y después semanas malas.

Se cumplió el mejor de los pronósticos y mi padre duró cinco años. Al final estaba ya muy pachucho. Un lunes nos dijeron en el hospital que era cuestión de días. Como mi madre era médica, podíamos permitirnos el lujo de tenerlo en casa a base de pinchazos de morfina hasta el final, y llegó al miércoles no de aquella semana sino de la siguiente. Parece que morirse no es tan fácil. En un ejercicio de contracorrientismo, convencí a mi familia de que no hubiera una ceremonia religiosa. «Que los curas llevan siglos engañando a las abuelas con el único fin de perpetuar el poder de la Iglesia. Pero ¿no veis que lo que dicen no tiene ningún sentido? Que parece un delirio todo el discurso de ese hombre, que lo único que quieren es que entremos en un estado de confusión y dudemos de nosotros, vestidos así como van, comiendo barquillos y bebiendo vino joven de Lledó, va, hombre, va». Yo era muy intensa a los veinte años. Quiero decir que tenía energía para invertir en causas que me parecieran justas como si me fuera la vida en ello y, en realidad, mi padre se había muerto, qué importaba por qué ritual se lo llevaban. En todo caso, fui tan pesada que al final mis tías y mi madre se contentaron con que viniera el cura a casa igualmente por si acaso (por si acaso existe el cielo y el infierno, se entiende). Mi hermana y yo mientras tanto salimos a fumarnos un cigarro, y eso que no fumábamos habitualmente. Y luego, después de velarlo en casa, habría una ceremonia laica en los bajos del ayuntamiento. Después de dedicarle unas palabras mi hermana y otras yo, de quien se esperaba mejor discurso porque por algo toda aquella parafernalia había salido de mi cabeza y, además, había dejado bioquímica para empezar periodismo porque parece que escribía tan bien (o al menos eso se había difundido entre los vecinos desde que gané el concurso de redacción de Coca-Cola), llegó el turno de mi madre. Ni que decir que todo el pueblo estaba expectante por ver qué decía, después de haberla visto callarse y volver a recuperar el habla. No decepcionó. Rezó un padrenuestro en castellano. Chimpún. «No he querido complicarme la vida», sentenció al volver a su asiento junto al nuestro.

Habíamos acordado que en la ceremonia podría hablar quien quisiera, porque mi padre era muy querido, porque había sido, sobre todo, una buena persona, un hombre tranquilo, paciente, justo, honrado y bueno. No se le puede pedir mucho más a una persona, vaya, digo yo. Total, que después de hablar las tres y de que el hijo del panadero destrozara el Ave María de Schubert con el clarinete, ofrecimos la posibilidad de que si alguien más quería coger el micro y decir algo sobre Amador pudiera hacerlo. Todavía hoy no nos explicamos por qué un hombre que no era del pueblo (era de Cretas) levantó el brazo. A mí me gustaría decir unas palabras. Todo el mundo se quedó extrañado, porque aparentemente no era una persona cercana a él. Era un guardia civil. Claro, era demasiado tarde para dar un paso atrás. Habría sido demasiado feo decir que no, que no podía subir a hablar. Vete a saber, quizá tenían algún tipo de relación discreta. Quizá estaba a punto de desvelarnos un secreto de esos que solo te hacen gracia si los ves en las películas. El guardia civil cogió el micrófono. «Recuerdo a Amador por las calles del pueblo, circulando con su moto, yo cediéndole el paso, a veces. Recuerdo una noche, era la noche de San Juan, estábamos haciendo un control rutinario en la rotonda de Valderrobres y lo vi llegar con su querida Vespino. Lo paré. ¡Qué cojones! ¡Enseguida me di cuenta de que iba como una cuba! Le hice soplar. ¡Cero cincuenta y nueve! ¡Ja! Y él me dijo: "Oye, de verdad te lo digo, vengo de cenar en casa con la familia, solo he salido a llevar a la niña a Valderrobles, que hoy salen por allí. ¡No me he emborrachado cenando en casa!". Estaba desesperado, el pobre. Y yo le dije: técnicamente sí te has emborrachado. "¡Me he bebido dos cervezas, por el amor de dios!", dijo él. No, compañero, con dos cervezas no marcas cero cincuenta y nueve. ¡Ja, ja! Entonces me vino con lo del metabolismo, que su hígado no sé qué, no sé qué mierdas de una metástasis. ¡Sí, hombre, sí! En fin, tuve que multarlo, evidentemente, soy un profesional, y le dije va, ponte a correr por aquí a ver si te baja un poco, a ver si puedo reducirte la multa, porque yo a Amador lo quería mucho. "Yo ya no puedo correr", me dijo, y se sentó en la cuneta. De esto solo hace cuatro meses y ¡míralo ahora, si ha corrido hacia el otro barrio! ¡Disfruta, ahora sí, del viaje, compañero!». Después de esta intervención no salió nadie más a hablar. Y, a pesar de la lluvia de estupor que cayó sobre las cabezas de absolutamente todo el mundo allí presente, el discurso tuvo al menos una consecuencia positiva: mi madre se puso a llorar, algo que ni mi hermana ni yo habíamos visto nunca. A continuación nos dijo:

—Ha quedado imperfecto.

Después tocaba ir con el féretro hacia el cementerio. Fuimos caminando, detrás del coche fúnebre. Nosotras tres, dos hermanas de mi abuela y dos vecinas más, que nunca se pierden nada; el resto del pueblo se fue cada cual a su casa. Aquellos fueron los cien metros más surrealistas de mi vida.

—Tengo que deciros una cosa. —Remei y yo íbamos con la cabeza gacha y la giramos ligeramente hacia mi madre. Ella siguió hablando con el volumen lo suficientemente bajo para que los demás no llegaran a oírla—. No fue por el susto.

—¿Cómo? —dije yo.

—Que no me quedé muda por el susto.

—¿Y entonces por qué fue? —susurró Remei.

—Porque quise. Y el día que volví a hablar fue porque se me escapó el comentario. —No sé cómo decirlo; si nos pinchan no nos sacan sangre.

—¿Cómo? —volví a decir yo.

—Lo fingí. —A todo esto, seguíamos caminando lentamente hacia el entierro de mi padre. Mi hermana y yo nos detuvimos un momento, tensas, durante un paso del resto de la comitiva. Retomamos el paso enseguida reprimiendo la mezcla de rabia y desconcierto. Llegamos al cementerio. Me olvidé de leer un poema que me había preparado. No recuerdo cuál. No recuerdo prácticamente nada del acto de meter a mi padre muerto en el agujero donde también estaba su padre, porque, también en un día como ese, mi madre había decidido ser ella la protagonista de la historia.

—¿No podías esperar una semana para confesarlo? ¿Teníamos que estar pensando en ti hoy también? —La abordé al llegar a casa.

—No quería darle un disgusto a Amador. —Nunca en la vida se había referido a él como el papá, o con un apelativo cariñoso. Su manera más cariñosa de referirse a él era «vuestro padre»—. No sabía cómo decírselo —tuvo las santas narices de decir.

—Ah, muy bien, y ahora que lleva diez horas muerto, has pensado ya puedo soltarlo y quedarme a gusto, ¿no? —dije.

—*Ciao, bellissime!* —Aparece una mujer de figura opulenta en el porche de la entrada de un jardín magnífico. Se oyen gritos de niños jugando que no vemos. Teo reconoce el sonido de la diversión. Si hubiera sido un perro, habría levantado las orejas.

Se llama Roberta y está divorciada por segunda vez. Vive sola, pero sus hijos, un hombre y una mujer de padres diferentes, vienen a menudo a verla y, sobre todo, a dejarle los nietos. Toda esta información nos la ha dado mi madre de camino. Y esto es lo que capto yo al llegar: son amigas y se tienen confianza. Me sorprende y supongo que me alegra ver que mi madre ha sido capaz de hacer una amiga, ahora de mayor. La tenía por una asocial irreparable. Parece que la excusa fue un intercambio lingüístico italiano-catalán, aunque está claro que las dos necesitaban una amiga. (Esto son palabras mías, es lo que he deducido; mi madre sigue convencida de que se hicieron amigas para enseñarse sus respectivos idiomas).

Roberta no es una mujer que pase desapercibida; tiene la cara grande y redonda, una voz chillona, expresiones marcadas, gestos ostentosos, viste con colores vistosos y tiene la casa llena de flores en agua. A mí me gusta, pero Remei me ha dicho que le da la impresión de que huele a cementerio.

—¿Cómo va el discurso, Erne? ¿Ya lo saben todo tus hijas?

Lo dice flojito pero no lo bastante para que no la oigamos. A lo que mi madre responde con la boca medio cerrada, notablemente incómoda, mirando al suelo y de perfil:

—Huy, no, no, ya lo sabrán allí.

Entonces ese pedazo de mujer pone cara de circunstancias y eso es todo. Remei y yo nos miramos y nuestra conversación en la lengua del silencio es confusa y gira en torno a «qué ha querido decir».

ERNE

Tengo que confesar que Roberta me sorprendió. Quiero decir que no me esperaba que me gustara. Tiene una energía que no sé de dónde la saca. Y me consta que no se medica. Debe de ser cuestión de genética. Al día siguiente de instalarme en la casa llamó al timbre con medio metro cuadrado de tarta de manzana y una botella de limoncello. Lo había hecho todo ella. ¡No me lo podía creer! ¡Si no me había visto nunca! No podía saber si yo era buena persona o si era una psicópata peligrosa. Ni siquiera si le caería bien. Yo pensé qué desequilibrada. Y por un momento dudé de si la psicópata peligrosa era ella. ¿Por qué, si no, una es un ciento cincuenta por ciento más hospitalaria de lo que se espera? ¿Qué esconde? Al final resultó que lo que quería era aprender catalán. Ya me iba bien, porque yo también tenía que mejorar el italiano, así que enseguida estuvimos de acuerdo en hablar todos los días. Ahora ya la conozco y estamos muy unidas; es una buena persona. A menudo estas personas tan hospitalarias, tan entregadas, que hacen tantas cosas por los demás, esperan que los demás hagan lo mismo por ellas. Y yo ya la avisé: yo no soy como tú. De mí no puedes esperar lo mismo. Las cosas claras. Le pareció bien. A veces creo que suple alguna carencia cocinando y elaborando licores caseros, cuidando a sus nietos, el jardín, las flores y la casa. Pero, mira, al final cada cual sobrelleva sus miserias como puede. Y quizá es mejor hornear tartas que atiborrarse de química. Aunque no seré yo quien lo pruebe.

A todo esto, Roberta ha desaparecido un momento y ha vuelto con una bandeja con limoncello y cuatro vasos, es su manera de dar la bienvenida, ya me la conozco. Nos sirve un vasito a cada una. Marga se lo trinca sin darse cuenta. Remei se queda mirando el vaso lleno. A mí por un instante se me había olvidado «su tema». Veo que se lo piensa. Prefiero no interferir y observar, a ver qué decide. Teo juega en el jardín con los nietos de Roberta.

—Yo no beberé, gracias —acaba diciendo.

—Es que está embarazada. —Es Marga la que se da el gusto de dar la noticia haciendo un gesto con las manos por encima de la barriga. A Remei, que es más seria y reservada, veo que no le hace ninguna gracia que lo haya soltado.

—¡¿Estás embarazada?! ¡Qué alegría! ¡¡¡Enhorabuena!!! —Roberta se dirige hacia ella y hace algo que en nuestra familia no se da: la abraza, y en su abrazo prácticamente le coloca la cabeza entre sus grandes tetas mientras le toca la barriga sin ningún pudor. Puedo ver la mirada de mi hija estremecida buscando mi empatía. Roberta es animosa pero es muy invasiva.

En cambio a Marga todo le parece normal. Sonríe satisfecha y despreocupada observando la escena que a Remei y a mí nos resulta incómoda, mientras se sirve otro vaso de limoncello.

—No, si creo que no lo tendré —dice Remei.

—¿Cómo que no? ¿No lo quieres?

—Es que…

—… No es de su marido —suelta Marga.

—Estás un poco imbécil, ¿no? —Suerte que ha saltado Remei, porque, si no, lo habría hecho yo. Qué chica tan impertinente. Su padre al menos no hablaba por no ofender, pero ella es una versión ostentosa de él, por lo que parece.

—¿Y eso qué más da? ¿Tú lo quieres o no lo quieres?

Remei tarda unos segundos en contestar y al final dice:

—No lo sé. —Y, creo, puedo leer en su tono que realmente no lo sabe. Pero no se bebe el limoncello.

Yo ahora bebo muy poquito. Cuando llegué aquí, no había bebido más que una noche de joven que cogí una tremenda borrachera y todavía ahora me pesa; nunca más quise saber nada del alcohol. Hasta que me vine y me di permiso, por decirlo de algún modo. Me perdoné. Y cuando Roberta me invitaba a cenar en su casa y abría una botella de vino, sí me gustaba compartirlo. Descubrí que hay un punto de relax en dejarse llevar, en permitir que algo se te suba a la cabeza y decir burradas y saber que no pasa nada. Y como a ella le gusta mucho y parece que no le sienta mal (a veces me dice en broma: ¡tú debes de tener el hígado como la uña del meñique!) hemos llegado a acabarnos una botella entera entre las dos en una cena. Pero me sentaba fatal. Y no hablo solo del malestar del día siguiente. Al final, una noche Roberta me lo dijo: tú a la segunda copa te enfadas. Me enfadaba, tenía razón. Cuando rasco, lo que me sale es el sentimiento primitivo. Y no me gusta, por eso intento no prestar atención a las bebidas alcohólicas. Hago como si no existieran. Como la gente que no me gusta o los problemas que no quieren resolverse. Mi padre bebía. Entonces era normal, los hombres bebían. En mi casa todas las comidas acababan igual: él acaparando la conversación, llevándosela a su terreno, donde nadie se atrevía a rebatir nada. Y por mucho que lo evitaras, siempre acababa cayendo un bufido u otro. Llegué a detestar la comida y me costó atar cabos de que me sucedía porque cada vez que me sentaba a la mesa tenía la sensación de haber hecho algo mal, porque en cada comida recibía una bronca totalmente gratuita.

MARGA

Voy un poco borracha. Para ser sincera, me encanta ir un poco borracha. Ellas pueden beberse un sorbo de limoncello y listos. Yo necesito ver el final de la botella, si no, me da ansia. Ahora ya se me ha subido un poquito a la cabeza, que es lo que quería. Lo justo para no hacer caso de las conversaciones que se traen, que ya no tienen que ver con el embarazo de Remei. Roberta ocupa todo el espacio. Habla y habla y pasa de un tema a otro sin esfuerzo. De sus hijos, de sus nietos, de la comida que ha cocinado y que cocinará esta semana. De dónde hay que ir a comprar buenos productos en San Gimignano. De viajar. De lugares de Italia que no deberíamos perdernos. Debe de ser el alcohol que me pone nostálgica, pero, entre mordisco y mordisco de pastel con un glaseado de color blanco buenísimo que ha sacado Roberta, pienso en Arnes. La vida allí era más fácil, quizá de pequeña no me lo parecía, pero ahora lo pienso y sí. Pero aquella vida ya no existe. Hace años que no voy.

No me explico cómo se me ha podido escapar la oportunidad de volver a Arnes para ir al funeral de la madre de Jaume. Mi madre y mi hermana siempre dispuestas a verme perder oportunidades en la vida. Debería haberle dado el pésame, es lo que hacen los buenos vecinos.

La última vez que Jaume y yo nos vimos fue en el entierro de la tía Mercedes; la última y única vez después de que él se marchara del pueblo a vivir a Tortosa. Era invierno, de eso ya hace diez años, y el calor que hace en Arnes en verano es proporcional al frío que pela en invierno. A veces nieva. Aquel diciembre nevó, era antes de Navidad y, a pesar de que había vuelto al pueblo únicamente siguiendo las órdenes que nos había dado mi madre a Remei y a mí desde la Toscana, de que asistiéramos al funeral de mi tía abuela, la de misa, y así la excusábamos a ella de ir, tengo muy buen recuerdo. Yo aún vivía en Tarragona y mi hermana aún no tenía al niño. Pasó a recogerme en el coche y bajamos juntas hasta el pueblo. Recuerdo que Remei había hecho un cambio de look, diría que el único de su vida antes de volver a la clásica melena sin flequillo, negra y lisa, genérica y aséptica de siempre, en cuanto pudo. El día que pasó a recogerme en Tarragona para ir al funeral de la tía Mercedes se había cortado el pelo, un corte atrevido, más largo por delante que por detrás, pero bastante corto en general. Como si hubiera perdido una apuesta. No se entendía, conociendo a Remei, que fuera peinada así.

—Tía, ¿estás bien? ¿Por qué llevas ese pelo?

—Es horrible, ¿no? Lo odio, lo detesto. No sé por qué me lo he hecho. —Y se quedó callada unos segundos hasta que volvió a afirmarse—: No me gusta nada.

—¿Va todo bien con Gerard? —le dije, porque todo el

mundo sabe que cuando una se hace un cambio de look es porque en realidad quiere un cambio de vida. Se empieza por cambiar lo que está más al alcance, lo que se puede controlar, el aspecto físico. El siguiente paso suele ser la decoración del hogar.

—Sí, pero no sé. —Y volvió a callarse algo que sustituyó por—: Necesitaba un cambio, pero quizá no era este.

—Poco después ella y Gerard empezaron a intentar tener un hijo. Y yo en ese momento creí que debía de ser ese el cambio que quería, un bebé en su relación narcótica y antigua. Aunque debo decir que en el coche, por unos instantes me generó cierta euforia fantasear con la idea de que la vida de Remei diera un giro punki a raíz de aquel corte de pelo y mandara a cagar a Gerard y se drogara conmigo un poco, como para probar la juventud que nunca había tenido.

Entonces llegamos al pueblo y caía aguanieve. Aquella noche la pasamos en casa de la difunta, en una habitación arcaica que olía a miseria y hacía un frío que pelaba, donde compartimos con un millón y medio de ácaros un colchón de lana que la tía Mercedes guardaba como un tesoro porque siempre decía que ya no se hacían colchones como aquel, y nosotras en la lengua del silencio nos decíamos una a la otra que por algo sería. La casa estaba llena de mujeres del pueblo, y Remei y yo éramos las dos únicas familiares directas, así que hacíamos de anfitrionas, sintiéndonos un poco impostoras, todo sea dicho. Su hermana, la otra tía abuela que teníamos, había muerto poco después de mi padre. Eran solteras y habían vivido siempre las dos juntas en aquella casa de Arnes de dos pisos, cuatro habitaciones, cocina, comedor, un lavabo y un baño completo, toda exterior, bien orientada, taller y buhardilla que mi hermana y yo ya veíamos como la solución definitiva para volver a tener casa en el pueblo. Un par de meses después, al pedirle las últimas voluntades al notario, nos enteraríamos de lo que Remei y yo bautizamos como «La desgracia del clero», el hecho de que lo dejara todo, es decir casa y ahorros, a la Iglesia, y que a Remei y a mí solo nos legara las cuatro joyas (que fuimos a vender de inmediato y nos dieron cincuenta y seis euros por ellas) y el puto colchón de lana.

En cualquier caso, aquella noche en que ejercimos de anfitrionas aún no podíamos imaginarnos ni remotamente lo de la no-herencia y estábamos animadas. Debo decir que tampoco habíamos tenido una relación muy estrecha con nuestras tías, una no-relación alimentada por mi madre. Así que pena pena no nos daba mucha, ya me perdonaréis; lo de aquella noche era una aventura, unas vacaciones en nuestras vidas insulsas. En aquel momento nos escoció, pero de hecho ahora lo pienso y lo de la herencia es normal, porque ninguna de las dos se preocupó por la tía Mercedes cuando envejecía y se ponía enferma, supongo que la gente de misa sí, «por un motivo o por otro, ya saben lo que hacen, ya», opina mi madre sobre todo este asunto. La tercera de las hermanas, es decir, nuestra abuela Mari Carmen, murió una semana después de que mi madre empezara a hablar, así que yo la recuerdo muy vagamente. Nunca hemos sabido de qué murió. Durante bastante tiempo, por el pueblo se especuló que fue del impacto de que mi madre volviera a hablar o de un atracón. Yo apuesto más por esta última hipótesis porque, francamente, si mi madre se hubiera arrancado a cantar ópera, aún colaría, pero con las cuatro frases que empezó a decir, no había para tanto. En cambio se sabe que aquella noche mi abuela había cenado fuerte, hay testigos.

En un momento dado de la noche, por la puerta de la casa de la tía Mercedes apareció Jaume. Hacía diez años que no lo veía ni sabía nada de él. Debía de tener unos cuarenta. Por poco me desmayo. Lo reconocí inmediatamente, pensé que estaba más guapo que antes, más seguro de sí mismo, con las facciones más marcadas y el pelo más corto pero todavía rizado y negro, con la espalda más ancha. Todo esto lo pensé en cosa de un segundo y medio, y me invadió una euforia incómoda al verlo entrar y avanzar hacia mí, confiado. No pude evitar ofrecerle la más radiante de mis sonrisas y olerlo mientras me daba dos besos. Me pasó lo que pasa cuando estás demasiado nerviosa para retener nada de lo que has hablado. Así que no sé exactamente qué nos dijimos en ese primer momento. Supongo que hola, qué sorpresa, no te esperaba, y sé que se quedó hasta que apenas quedaba nadie y entonces dijo que iría para casa y yo me ofrecí a acompañarlo, con la excusa de que quería estirar las piernas y ver si había cuajado la nieve. Salí sin el anorak, por los nervios, las prisas, los sofocos que tenía porque eso de que Jaume estuviera allí aquella noche era lo más emocionante que me había pasado en mucho tiempo, aunque no acababa de querer tener claro por qué.

—¿Y cómo es que estás por aquí?

—He venido a pasar las navidades, he cogido unos días más de vacaciones, que mi madre desde el día que murió mi padre se pone muy triste en estas fechas. Está muy sola, ¿sabes?

—¿Y quién no lo está? —Quería parecer profunda, madura e interesante pero más bien me quedó una frase pasivo-agresiva. No acaba de salirme bien—. ¿Tú no? Yo también lo estoy.

—Sí, pero es que ella tiene setenta y cinco años. —Mierda, claro. Fijaos en que acababa de compararme con su madre.

—¡Buah, pues no puedo imaginarme lo sola que puedo llegar a estar yo a los setenta y cinco! ¡Qué frío tengo! —solté para cambiar de tema, dándome cuenta de que quería darle pena. Aparte de que era verdad que tenía frío. La nieve no había cuajado, por cierto—. A ver por qué me he dejado el anorak, espabilada de mí.

—Toma. —Él ya estaba quitándose el suyo pero a mí me hizo sentir mal y lo detuve.

—¡Ni hablar! ¡Yo me lo he dejado, yo cargo con las consecuencias! —Y pensaba que con esa frase mía tan inculcada se daría por vencido, pero él siguió intentando quitarse el anorak. Así que yo, no sé, como acto reflejo, seguramente víctima de la impermeabilidad materna, me puse a impedírselo físicamente de modo que empezamos a forcejear, cuerpo a cuerpo, en mitad de la calle mojada, en medio de un ataque de risa.

Ganó él. Como yo invertí muchos esfuerzos en no

aceptar que me lo dejara, al final decidió colocárselo sobre un hombro y fuimos caminando, los dos muertos de frío, hasta su casa. En la puerta, para despedirnos y por fin y por primera vez en la vida nos abrazamos, quizá fue solo un segundo, o quizá tres o cuatro. Cuando nos separamos nos miramos brevemente de cerca y, en ese instante, él no lo sé pero yo sentí basorexia. Así que lo único que supe hacer para alargar el momento antes de marcharme, convencida de que él no haría nada de nada y no lo hizo, fue acariciarle la mejilla con el reverso de la mano. Sí, eso tan condescendiente que da tanta rabia que te haga a ti un hombre. Y le dije:

—Adiós, guapo.

—Adiós, Margarita. —¡¿Adiós, guapo?! ¡¿Adiós, guapo?! Me volví pitando a casa de mi tía Mercedes, perseguida por la propia vergüenza. Cuando llegué, Remei ya lo había ordenado todo y estaba en el lavabo de arriba, imagino que intentando encontrar solución a su nuevo look capilar, y la tía Mercedes estaba muerta en la habitación pequeña de abajo. Yo entré muy agitada, vi el ataúd y no me sorprendió ni me impresionó ver un cadáver, tan absorta estaba yo en lo que acababa de pasar, aún decidiendo si se lo contaría a mi hermana o no. Pasé por la cocina, cogí un pastelito de chocolate que había sobrado y me lo comí sin darme cuenta.

—Has tardado mucho, Marga. ¿Qué ha pasado?

—No ha pasado nada, ¿qué va a pasar? Me he dejado el anorak y me he pelado de frío.

—¿Os habéis enrollado?

—¡Qué dices, loca! ¿Por qué lo dices?

—No sé, me ha extrañado que quisieras acompañarlo a su casa.

—Tía, que es Jaume, ¿eh?

—No sé, como eres tan así...

—¿Así cómo?

—Tan... tan sui géneris, ¿no?

Al día siguiente esperaba volver a encontrarlo en el funeral pero no fue, tampoco su madre. Oí decir a una vecina que al final habían decidido pasar las navidades en Tortosa, en el piso de Jaume. No he vuelto a verlo desde entonces, hace ya diez años. Muchas veces me he preguntado qué habría pasado si me hubiera atrevido a hablarle del beso que se me murió en la boca al despedirnos. Seguramente él debía de verme igual que mi hermana en esa época, una jovencita estrafalaria, con la cabeza llena de pájaros.

Yo tampoco he vuelto a Arnes desde entonces y eso es algo en lo que pienso a menudo. De vez en cuando busco motivos y valor para volver. Pero me da pánico la sensación de llegar allí y no tener adónde ir, sentirme fuera de lugar, que no quede nada de lo que fuimos. Quiero decir niños, familia, amigos. La infancia es como una carretilla que se arrastra toda la vida. Me da miedo girarme a mirar qué hay dentro y que nada se parezca a lo que recuerdo. Imagínate que ni siquiera Jaume se alegrara de verme. ¿Quién sería yo entonces? A veces he pensado que somos como somos según quién se alegra de que existamos.

Cuando volvemos de la casa de Roberta, mi hermana insiste en que quiere meterse en la bañera. Exactamente dice que no se irá de aquí sin darse un baño en la bañera de época que mamá tiene en el lavabo. Y discutimos.

—No son horas de meterse en la bañera. Dúchate y listos —le digo.

Qué peliculera es.

—Yo todavía no he estrenado la bañera —dice mi madre.

—¿Cómo? ¿Que aún no te has bañado en esa bañera? Si llevas quince años viviendo aquí —dice Marga.

—No. Yo siempre me ducho.

—¿Y por qué tienes una bañera si te duchas siempre en el plato de ducha?

—Venía con la casa.

—Bueno, pues resulta que yo no he estado en una casa con bañera desde que vivíamos en Arnes y recuerdo que bañarme era uno de mis pasatiempos favoritos. —Eso es verdad, teníamos esta discusión cada dos días—. Llenarla de agua muy caliente y jabón burbujeante y sentirme importante; importante en el sentido de darme importancia.

—Piensa que son las nueve de la noche, que el niño también tiene que ducharse y todavía tenemos que hacer la cena. Y vale que tú eres muy importante, pero todo esto también. —Mi madre es sutil pero hiriente.

Marga parece decidida.

—A vosotras os pone muy nerviosas que me bañe, que

me regale este tiempo y esta agua, supongo que porque vosotras no os dais permiso para hacerlo, pero para mí lo de asearme es todo un ritual. Diría que vuestra cabeza funciona más bien dentro de unos límites de la austeridad guiados por el lema de si no es necesario, no es necesario, lo que os lleva a ducharos siempre en menos de cinco minutos, a no tomar café si no lleva cafeína, porque literalmente, decís, no sirve de nada, y este es el paradigma de vuestro día a día. Menos es más. Todo lo hacéis muy rápido, os vestís con cualquier cosa que casualmente os queda siempre de puta madre, os arregláis poquito, si no es necesario no es necesario. Claro que es muy fácil si tienes un cutis perfecto y una talla treinta y ocho. Vosotras rechazáis el lujo pero defendéis la belleza. La pionera familiar de este dogma es mi madre, tú —se refiere a mí— solo eres su firme seguidora. No creo que seáis demasiado conscientes de que lo hacéis, pero lo hacéis. Hace años que os estudio. —Ni mi madre ni yo somos capaces de decir ni pío ante semejante soliloquio—. Por ejemplo: vosotras no querríais un coche lujoso o de esos que llaman «buenos» ni regalado, sino un coche que funcione, que te lleve de un sitio a otro, siempre de segunda o tercera mano, si total, lo único que debe ser es útil, ¿no? En cambio yo si tuviera dinero me compraría un Beetle o un Mini, aunque primero tendría que volver a aprender a conducir, pero este es otro tema. Por otra parte, os gastáis dinero en comida cara, en vino caro o en arte, porque decís que la belleza alimenta y los buenos alimentos también. Y hablando de belleza —vale, no sé en qué momento me he opuesto a que se bañara, ni por qué tenemos que prestarle tanta atención, si, total, lleva una cogorza como un piano—, yo tengo que empezar por buscarla en mí. Como vosotras la lleváis de serie os podéis permitir buscarla en objetos. O pasar del lujo por completo. ¡Porque el lujo sois vosotras! Yo me miro en el espejo y pienso qué es esta papada o si la nariz al final está adquiriendo autonomía propia. Para mí, el ritual del lavabo e invertir un buen rato al día en intentar encontrar la manera de aceptar mi físico es salud mental. —Mi hermana es como ese tipo de personas que hablan a menudo de salud mental y, en cambio, no saben absolutamente nada de ella—. Mirarme e intentar sentirme guapa los días de ovulación, no odiarme el resto del ciclo. Quizá si estuviera rodeada de feas tendría otra concepción de mí. ¡Pero he crecido rodeada por vosotras dos! ¡Mi padre era el único feo, y me dejó sola con vosotras, paradigmas de la belleza despistada!

Y se da la vuelta con toda la autoridad que cree que tiene una borracha y entra en el lavabo directa a la bañera victoriana, que a saber si funciona. Como siempre, se escaqueará de hacer la cena, aún tendremos que esperarla a la mesa, dirá que no quiere comer, que ya ha comido suficiente en casa de Roberta, pero acabará cenando igual porque tiene una obsesión con la comida de la que no sé si es consciente, pero vaya, que la utiliza como terapia nociva. Igual que el alcohol.

La familia es una fuente de traumas mutuos. Estoy segura de que en todas las casas hay porquería que esconder debajo de la alfombra de la entrada. Recuerdo que

Assumpta, que lleva la vida más convencional posible y ha crecido en un entorno cien por cien estable, en aquella época tierna, previa a los prejuicios y a la autocensura, la época de las amistades sinceras para toda la vida en que la lealtad a la madre no, pero a la amiga es sagrada, me dijo que su madre se morreaba con el lechero, que también le llevaba los huevos de granja, que los había visto un día que ella estaba enferma y se había quedado en casa en lugar de ir a la escuela: cuando él le llevó la leche y los huevos, en el patio mismo de su casa, mientras su padre trabajaba, se besaron como en las películas y él le tocó el culo y las tetas. Y el joven de la lechería estuvo llevándole la leche y los huevos hasta que Assumpta acabó el instituto y todo el pueblo sabía lo del lío de su madre, pero un día que yo le saqué el tema, ya de más mayores, como una broma, «¿Y tu madre cuándo piensa irse con el lechero de una vez por todas?», y no lo dije con mala fe, de verdad que no, lo decía como liberación porque era evidente de quién llevaba toda la vida enamorada su madre, como si tuviéramos dos vidas, una para probar y aparentar y otra de verdad para hacer lo que realmente queramos, va y me suelta: «¡Pero qué dices, tía! Si no hay nada con el lechero, nos trae la leche y punto. Muchas veces la deja en la puerta y listos». Como si no me lo hubiera confesado nunca. Negándose a sí misma su yo del pasado. Como si hubiera una necesidad social imperante de silenciar al adolescente que fuimos o que todavía somos por dentro, a ratos, para bien o para mal.

Traumas familiares veo a paladas en el trabajo. El que

se queda bloqueado incapaz de replicar cuando alguien le grita: trauma infantil. El que necesita validación de su pareja para comprarse hasta un bolígrafo o una camiseta: trauma infantil. Narcisismo: trauma infantil. Los traumas se contagian como un virus, ahora tú a mí sin darte cuenta, ahora yo a otro sin darme cuenta. Tendremos parejas e hijos a los que ya sabemos que les ensuciaremos el alma en un grado u otro, según lo conscientes que seamos de la mierda que arrastramos. Relaciones patológicas que se perpetúan a menos que algún miembro se dé cuenta y decida ponerles fin, tratarlas y adiestrarlas. A mí mi madre me ha influido muchísimo, lo sé, he pensado mucho en ello. Qué madre no lo hace, por otra parte. Lo que quiero decir es que su figura me ha impresionado y me ha repelido a partes iguales. Ha sido todo lo que quería ser y lo que no quería ser al mismo tiempo. Mi padre, en cambio, para mí no ha sido más que un actor secundario en nuestras vidas, alguien tan insulso que, por bueno, por llano, por simple, nunca me ha despertado ningún interés. Pobre, lo he querido mucho, claro, pero como se quiere a una mascota o a un primo. Él estaba allí como de atrezzo, sin imponer nunca nada, dando ejemplo, supongo, solo de la mera existencia. Lo que a mi hermana siempre le ha fascinado de él (disfrutar de las pequeñas cosas como una ensalada del huerto o una sonrisa amable), yo solo he sabido verlo como una personalidad rudimentaria, signos de flaqueza. Y es por culpa de mi madre, siempre rezumando esa sensación de estar donde no le corresponde, tres o cuatro escalones por debajo de sus expectativas. Un lugar en el que yo en ningún caso debía quedarme.

—¿En qué piensas? —me dice mi madre mientras disecciona un pan de payés.

—En nada. ¿Y tú?

—En nada tampoco. —Esta no-conversación la hemos tenido mil veces. Marga en cambio se empeña en comunicarse, en expresarse abiertamente con nosotras, en decir todo lo que se le pasa por la cabeza, y, a sus treinta y cinco años, parece que todavía no haya captado que a mi madre y a mí no hace más que incomodarnos.

Pero entonces levanto la vista y veo que mi madre está mirándome a los ojos para hacerme una señal: me mira la barriga, vuelve a mirarme a los ojos y levanta un poco la barbilla como queriendo decir «¿Esto qué?». Yo le respondo encogiéndome de hombros y apretando los labios.

—Tienes que tomar una decisión.

—Ya lo sé. Pero es que no lo tengo claro.

—¿Y cómo crees que funcionan las cosas? ¿Que te despertarás un día y lo verás claro? —Yo la miro como queriendo decir sí, ¿no?—. Mira, cada día que pasa con una criatura en la barriga, si no la quieres, es peor. Porque después tendrá que salir. Y cuanto más grande sea más daño te hará. —No soy capaz de decir nada. Su pragmatismo juro que a veces me desborda—. Y si quieres tenerlo, pues adelante. Te apoyaremos. —La miro por encima de las gafas que llevo puestas ahora mismo para hacer la cena—. Bueno, es un decir, a mí la vida no me cambiará si tienes otro hijo porque yo me quedaré aquí. Pero, vaya, cuenta con mi apoyo emocional, si quieres. Y separarte. ¡O no, ojo! Que esto quizá ya es decisión de Gerard, si quiere seguir contigo a pesar de..., ya sabes.

—No estás ayudándome a decidir nada.

—Tienes que tramar un plan. —Ajá. A eso quería llegar; a mi madre le encanta tramar planes. Saber, tener bajo control todo lo que tiene que pasar, si puede ser, por escrito—. Da igual lo que sientas. Decide y listos. Y aférrate a la decisión.

—Así es como tú has enfocado la vida y mira qué bien te ha ido, ¿no?

—Yo ahora soy feliz.

—¡Ahora, en la vejez!

—Soy feliz porque tomé una decisión y me aferré a ella.

—¿La de dejarnos, quieres decir? —Ha sonado a reproche, lo sé.

—¡Dejaros de qué, si erais las dos mayores de edad y ya no vivíais en el pueblo! ¡Bastantes años aguanté! Y sí, de joven también tomé una decisión, que fue seguir adelante con tu embarazo y con la familia que había creado con vuestro padre. Y me ceñí al papel.

—Pero estarás de acuerdo conmigo en que lo hiciste fatal y no fuiste feliz en todo el matrimonio, que se notaba, mamá, que estuviste casi diez años muda porque sí.

—Porque sí, no, Remei, porque sí, no.

—¿Y entonces por qué?

En este momento sale Marga del lavabo. Siempre tan oportuna ella.

—¿De qué hablabais? ¡Menudo follón! Casi no oía la música que me he puesto.

—De nada, voy a duchar a Teo, que la cena ya casi está. Pon la mesa, al menos —le digo, enfadada no sé exactamente por qué.

MARGA

Mi madre no tiene tele. Dice que ya ha oído bastantes desgracias en esta vida, que ahora quiere vivir tranquila. Sí tiene una radio con la emisora local sintonizada. La enciendo porque a mí, a diferencia de ellas, sí me incomoda el silencio. Suena una canción que a mi madre la hace reaccionar enseguida. Se pone a cantarla, porque mi madre, además de ser naturalmente guapa, también canta bien:

Non dormo, ho gli occhi aperti per te
Guardo fuori e guardo intorno
Com'è gonfia la strada
Di polvere e vento nel viale del ritorno

—¿Qué quiere decir? —Si preguntar no es ofender. A mi madre le encanta sentirse más lista que nosotras y, por lo tanto, cada vez que puede aleccionarme en cualquier disciplina (algo frecuente, por otra parte) ves que le brillan los ojos.

—Te lo traduciría como —empieza diciendo como quitándose importancia pero se coloca en esa postura un poco elevada como de recitar y, además, hace la tonadilla medio cantándola, ¿sabes? Da un poco de rabia, no sé, lo hace tan bien que incluso diría que lo ha ensayado—: «No duermo, tengo los ojos abiertos por ti. Miro afuera y miro a un lado y a otro. Qué llena de polvo y de viento está la calle del camino que te lleva de vuelta a casa».

Y en medio de este momento poético en el que mi madre me canta una canción de amor en la intimidad de la penumbra de una cocina en la Toscana, aparecen Remei y Teo, dispuestos a sentarse a una mesa que, ahora que lo pienso, todavía no he puesto. Yo la verdad es que no tengo mucha hambre porque antes he picado cuatro cositas en casa de Roberta (por cierto, me encanta esta mujer), pero veo que hay embutido y pan con tomate y algo comeré.

Menos mal que el niño ha heredado el carisma de su padre y saca conversación en la mesa. Parece que se ha hecho muy amigo de los nietos de Roberta. Si son como ella no me extraña. Qué gente tan agradable. No sé por qué no pude nacer yo en una casa así. Mi padre. Mi padre sí era agradable, el pobre, y mira cómo acabó. En un momento dado no puedo evitarlo:

—Qué fuerte que se casara, no acabo de creérmelo. —Y mi madre, en un giro inesperado de los acontecimientos, me dice:

—¡Qué pesadita con Jaume! ¿Quieres llamarlo? Toma el teléfono y sal de dudas. Coge y dile: ¿por qué te casaste, eh? A ver, ¿por qué te casaste? —Y coge el móvil, lo desbloquea y me lo tiende. No sé por qué, me siento como si me hubieran hecho entrega del santo grial. Estoy nerviosa como cuando tenía catorce años. Y como cuando tenía veinticinco. Creo que se me nota y me da vergüenza. Tengo pocos segundos para pensarlo porque si lo pienso mucho no lo haré. Así que pulso el botón verde de llamar. Del otro lado sale una voz de hombre, que es Jaume, claro.

—¡Vaya! ¿Erne?

—No... —digo con una voz de niña pequeña que asusta—. ¡Soy Marga! Margarita —me corrijo, temo que no me reconozca si no es por mi nombre completo.

Me levanto y empiezo a andar mientras hablo, es algo que no puedo evitar cuando estoy concentrada en el teléfono, y también para alejarme un poco de ellas y de sus miradas socarronas.

—¡Margarita! ¿Cómo estás? ¡Ay, no me digas que me llamas porque ha pasado algo!

—¡No, no! ¡No te asustes! No ha pasado nada. Solo es que ahora mi hermana y yo estamos unos días visitando a mi madre aquí en la Toscana y me ha hablado de ti, me ha dicho que estabais en contacto y me ha hecho gracia saludarte, después de tantos años. Quería saber cómo estabas y tal —dije, mustia, yo.

—Qué bien, siempre le pregunto a tu madre por ti y ya me ha dicho que has salido aventurera.

¿Aventurera?

—Sí, un poco. —¿Cómo que sí, un poco? ¡Seré pánfila!—. ¿Tú cómo estás? ¡Cuánto tiempo!

—Sí, a ver si vienes al pueblo un día y nos vemos.

—¿Estás en el pueblo?

—Sí…, a medias. Cuando murió mi madre volví para empezar a rehabilitar la casa de mis padres. Quizá acondiciono un local en la planta baja para alquilarlo a algún negocio, que falta le hace a este pueblo, ¡que comparado con Tortosa aquí no hay nada!

—¡Míralo, el de la capital! ¡Cómo te has vuelto! Oye, siento mucho no haber ido al entierro de tu madre, nadie me avisó de que había fallecido.

—¡No te preocupes, ella no te lo tendrá en cuenta! Me alegro mucho de oírte.

—Yo también. —Conversación de sordos—. Mmm, me han dicho que te casaste.

—¡Sí, sí, señora! ¡Y tengo una hijastra! ¡Qué de vueltas da la vida!

—Ya debe de ser mayorcita.

—¡Claaaro, mujer! —Realmente la conversación no va a ninguna parte. Estoy empezando a arrepentirme de haber llamado. El peligro de no hablar con una persona en diez años es que tengas un recuerdo de ella absolutamente alejado de lo que es ahora—. Ahora ellas están en Tortosa, mientras yo reformo la casa de Arnes. No lo ven claro, eso de venirse a vivir aquí, sobre todo la chica. Pero, qué quieres que te diga, a mí el pueblo me tira. Todos estos años sin volver…, lo he echado mucho de menos. —De repente conectamos. No sé qué me pasa pero me entran unas ganas sinceras de llorar. Y le digo:

—Yo también. —Y lo digo un poco sorprendida, no muy consciente de que yo también echaba de menos el pueblo—. A mí también me tira, Jaume.

—¡Pues vente, mujer! ¿Dónde vives ahora?

—En Barcelona.

—¡Uf! ¡Con lo caro que es! Ven aunque sea de visita, si no tienes dónde alojarte te puedes quedar en mi casa, ya sabes que tiene muchas habitaciones. Eso sí, ¡tendrás que ayudarme a arreglarla!

—¡Me lo apunto! Cuídate, Jaume. Me ha alegrado hablar contigo.

—Me alegro mucho, cuídate, Margarita.

Se me queda el cuerpo raro. Levanto la vista y las pillo apartando rápidamente la mirada de mí. Tengo la sensación de haber hecho un viaje sideral. A través del tiempo y del espacio. Por un lado, las expectativas no estaban a la altura, quiero decir que estaban muy por encima: no sé si esperaba a un Jaume transformado a mejor, un Jaume exactamente igual o un Jaume eufórico de oírme, y me he encontrado a un Jaume normal, un Jaume de pueblo, que ha ido haciendo su vida más o menos como ha podido. A veces paso tantas horas manteniendo una conversación imaginaria que cuando la tengo de verdad me decepciona, no pronuncio ni un diez por ciento de la información previamente ensayada. Quería preguntarle por qué no vino a despedirse de mí cuando se marchó de Arnes la primera vez, si en alguna ocasión había pensado en mí en todo ese tiempo, si cuando nos encontramos en el entierro de mi tía Mercedes sintió algo, si le pasó lo mismo que a mí aquella noche en la que tanto nos reímos. Preguntas infantiles, quizá. Siempre he tenido una especie de sensación de que Jaume y yo vivíamos al margen del tiempo.

Por dentro teníamos la misma edad, a la vez más viejos y más jóvenes de lo que éramos. Ahora ya no lo sé.

Y de repente quiero verlo y salir de dudas. Y quizá sí que cuando solucionemos la vida de mi hermana me acerco un día al pueblo y le pregunto todo esto. Al final el tiempo pasa y se quedan un montón de cosas en incógnita, si no las acaba preguntando nadie. Teo dice que no quiere embutido para cenar, que quiere una tortilla a la francesa, yo lo pesco al vuelo y lo aprovecho.

—Casi que me podríais hacer una a mí. —No sé por qué a mi hermana esto la ofende, pero mi madre se pone a hacérmela.

—¿Tú tampoco vas a comer embutido? —dice Remei.

—Sí, pero me apetece una tortillita también.

—Podrías madurar y comer como las personas adultas.

—Qué pasa, ¿no comerme una tortilla a la francesa es ser más adulta que comérmela?

—No hacer como si fueras un niño pequeño toda la vida es ser más adulta. —Es curioso porque cuando lo pienso yo, no me ofendo, pero cuando me lo dice mi hermana no puedo soportarlo.

—Pero ¡qué más te da que me coma una tortilla!

—Después te quejas de que no adelgazas. Que a mí me da igual, pero ¡sé coherente!

—¡Qué sabrás tú de qué me quejo, si nunca nos vemos!

—Si fueras más adulta tendrías tu propia vida, pero siempre vas como pollo sin cabeza. —Debe de estar alterada de verdad porque Remei nunca dice palabras malsonantes. A Teo la expresión le ha hecho gracia.

—¿Quieres decir una vida propia como la tuya, con un marido —aquí estoy a punto de decir al que no quieres pero ante la mirada fulminante de Remei cambio de opinión y digo—: y un hijo?

Mi hermana entiende perfectamente lo que no digo y mientras restriega tomate en la última rebanada de pan me dice, muy seria:

—No tienes ni idea de lo estresante que es mi vida. Qué significa ser psiquiatra en un hospital público de Cataluña y a la vez ser madre y haber estado siempre con el mismo hombre. Te cambiaría mi vida por la tuya ahora mismo. Y la aprovecharía. No sé qué haces tú.

Y yo, interpretando el papel de menor de edad que he adoptado esta noche, me voy a cenar aparte y a jugar con Teo hasta que Remei lo llama para que se acueste. Entonces me quedo en el sofá sola con esta frase de mi hermana, que me rebota como un pinball por dentro de la cabeza toda la noche. Y encima la tortilla me repite.

ERNE

Son las ocho de la mañana. En la casa todavía duermen, yo estoy en el porche con un té verde, tapada con una manta porque hoy hará sol, pero de momento se nota la humedad. La hierba del jardín está mojada. Se oyen los pájaros y nada más. Me encanta este momento.

Mañana es la charla. En condiciones normales no estaría nerviosa porque esta conferencia la he dado ya unas cuantas veces, me la sé de memoria, me gusta darla. Subo allí arriba, vomito mi drama, todo el mundo me aplaude y bajo un poco más ligera. No sé si hago algún bien a las personas que me escuchan, pero para mí es una terapia.

Pero que mañana tengan que estar mis hijas presentes... Eso lo cambia todo. Estoy nerviosa. No sé cómo les va a sentar. Sí que lo sé: mal. No sé si debería decirles antes a ellas todo lo que voy a contar. ¡Pero es que con ellas me cuesta tanto sentarme y hablar de lo que me pasa...! Me resulta mucho más fácil subir a un escenario y contárselo a cien desconocidos.

Vamos a ver, las niñas no son unas lumbreras pero cortas tampoco son. Está claro que les parezco rara, que no entienden nada de lo que he hecho. Y que llevan muchos años pidiéndome explicaciones sobre lo que hice, lo de no hablar durante un tiempo. Que lo necesitaba (que es verdad, por otra parte) no les vale. Que era eso o abandonarlas. ¡Si, total, ellas, sobre todo la pequeña, igualmente sienten que las abandoné! No me lo perdonan.

—Buenos días. —Es Remei.

—¿Ya no tienes sueño?

—No duermo bien últimamente. —Le doy la razón con la cara. No sé si valora que no le haya reprochado el poco conocimiento que tuvo en el momento en que..., bueno, en fin, se quedó embarazada extramatrimonialmente, digamos—. Es que no es solo la decisión de tener el hijo o no tenerlo, mamá. —Se saca una libretita y un boli del bolsillo de la bata que lleva puesta y empieza a trazar un árbol de decisiones. Me siento orgullosa de ella.

A) Tener el hijo y continuar con Gerard (si él quisiera, claro).

B) No tener el hijo y continuar con Gerard.

C) Tener el hijo y no continuar con Gerard.

Y aún hay otra opción:

D) No tener el hijo y no continuar con Gerard.

—A ver, pongámonos en situación: si eliges la A, tener el hijo y continuar la relación con Gerard, ¿le dirías que no es suyo?

—Sí, tendría que hacerlo, Gerard no se chupa el dedo, y entonces que fuera él quien decidiera si quiere continuar conmigo. Pero, lo ves, ¡son siempre dos decisiones juntas, dos!

—Vale, hagámoslo de otra manera: ¿cuál descartarías primero, de estas cuatro? —Se lo piensa un poco.

—Creo que la B.

—¿¿La B?? ¿Descartarías primero la B? —Dudo si ha entendido la pregunta, pero ya sé que la ha entendido, Remei lo entiende todo a la primera.

—Creo que sí, sí.

—Entonces ¿estás más cerca de la C que de la B? —Las vuelve a mirar y responde:

—Sí, quizá sí. —En este momento aparece Marga. Tiene francamente mala cara, pobrecita.

—Bueno, no podríamos tener una mañana de silencio, ¿verdad? Es que, estando de vacaciones, que me despertéis a las ocho con ruido, es que es el colmo, vamos. ¿Qué desayunáis? ¡Buah! ¡Té! En serio, estoy por ir a desayunar a casa de Roberta. Me imagino aquella mesa de madera de roble llena de cruasanes, zumos de fruta, leche de tres tipos y embutidos con pan recién horneado con tomate, ¡aunque esté ella sola! Y aquí, que si tés, que si pan de trigo sarraceno, que si jengibre. Es como para morirse.

—Se me ocurre que podrías coger el coche, ir al pueblo, tener el detalle de comprar todo eso que has nombrado y prepararnos el desayuno. En media horita lo tendrías hecho. ¡Ah, calla! ¡No! Que no sabes conducir ni tienes un duro para comprar nada. —Entre hermanas pueden decirse cosas que de madre a hija no pueden decirse. Así que dejo que Remei haga el trabajo sucio.

Normalmente Marga se habría puesto furiosa pero veo que empezamos fuertes el día porque se echa a llorar. Ya estamos. Esto solo lo hace ella, en nuestra familia. Ni su hermana ni yo reaccionamos nunca así. Su padre a veces también lloraba, pero menos, solo faltaría, siendo un hombre como era. Yo pasaba mucha vergüenza cuando lo veía llorar. Ella me lo recuerda mucho.

—Mierda, es que es verdad. Es que... no sé, soy un desastre. ¡No sé qué he hecho en esta vida! ¡Y no tengo veinte años! Y la mierda es que solo os tengo a vosotras y a veces siento que me odiáis.

Yo enseguida digo que no con la cara, con la mirada, que no, hija, ¡cómo vamos a odiarte! Si te queremos mucho. Digo todo esto sin palabras porque ella ya me entiende.

—No te odiamos, Marga, qué cosas dices. Solo queremos que te vaya bien la vida —dice ahora Remei en voz alta.

—Pues nunca me abrazáis. —Aquí Remei y yo nos miramos desconcertadas. Le hago una señal como queriendo decir hazlo tú. Y veo que Remei, forzada, la abraza. A Marga se le pasa todo y se ofrece a preparar té para todas. A veces es como un bebé de treinta y cinco años, me da la impresión.

Aprovecho para hablarles de lo de mañana.

—No sé si debería contaros antes de la charla lo que voy a decir.

—Pero ¿no es una charla que has dado ya mil veces? —dice Remei.

—¿Por qué?, qué pasa, mamá, ya nos estás asustando con este tema —dice Marga.

—Es que trata de vosotras también.

—¿De nosotras? —dice Marga—. ¿Dices que llevas años dando charlas sobre nosotras por Italia?

—Podría decirse que sí.

—¿Las cobras? —pregunta Remei.

—Sí, pero no me pagan mucho. Cien euros la charla, cobro.

—Joder, estoy por dedicarme a eso —dice Marga—. ¿Y qué dices de nosotras?

—¿Te has preguntado alguna vez por qué te puse Remei? —Se queda desconcertadísima.

—Mira, si quieres decírnoslo ahora, dínoslo, pero no hacen falta tantos rodeos —contesta, visiblemente inquieta.

—Me siento diferente al contarlo en las distancias cortas. Quiero decir, peor.

—Y encima de un escenario, delante de un auditorio lleno de desconocidos, ¿no? —dice Marga.

—No. Precisamente por eso, porque es como si actuara.

—Mira, ¿sabes qué? ¡No nos lo digas! —dice Remei.

—¿Seguro?

—¡No, no, ya lo descubriremos! Todo por el espectáculo, ¿no? —A veces no capto si utilizan la ironía o no. Ni siquiera capto el porqué.

REMEI

Hoy es el día de la charla. Esto mismo nos dice mi madre a primera hora de la mañana. Nos pide una vez más que no vayamos a verla, pero nosotras no nos la perderíamos ni por todo el dinero del mundo. En Siena descubrimos que hasta hay carteles por toda la ciudad que anuncian la charla. Se titula «*Perché star zitto, un discorso di Ernestina Calapuig Subirats*».

Nos metemos los cuatro en el Cinquecento de mi madre, que, al atravesar la puerta de casa, ya ha adoptado una postura como de gladiador antes de salir a la arena. Pero antes de subir lo intenta otra vez:

—Ya sabéis que yo preferiría que no vinierais.

—No pensamos bajarnos —dice Marga.

—Muy bien. Vosotras veréis. —Suena a amenaza—. Después no quiero morros.

Conduce durante unos cuarenta y cinco minutos de un paisaje de prados y árboles y diferentes tonalidades de verde. En el trayecto, Marga confiesa que le entran ganas de copiarle el plan a nuestra madre y quedarse a vivir aquí. A mi madre y a mí nos sale natural fingir que no la oímos, como si ignorando una frase pudiéramos quitarle el peso.

Al final nuestra madre aparca y, antes de bajar del coche, se gira y nos dice:

—Para que el niño no se aburra, podéis ir a dar una vuelta por la ciudad y nos encontramos en una hora y media.

—Que no, mamá, que entramos. Basta, ¿eh? —le digo. La verdad es que no he sentido más curiosidad en mi vida. Qué es lo que esta mujer que nos ha criado y educado en una especie de ley del silencio autoimpuesta tiene que contar al resto del mundo.

La charla empieza puntual y hay bastante gente, quizá más de cien personas. De hecho, el auditorio está lleno. Hoy decido dejarle a Teo el móvil con auriculares para que juegue, a cambio de que no escuche a su abuela. Diría que más o menos lo consigo. La verdad es que ni Marga ni yo acabamos de creernos que nuestra madre llene auditorios en Italia para escucharla hablar. La cosa es más o menos así, en un italiano universal, porque lo entienden los locales y lo entendemos nosotras, que no lo hablamos, y que en su lengua natal vendría a decir:

Me llamo Ernestina, tengo sesenta y cinco años. Soy médica, internista. Ahora ya jubilada. Nací en Tortosa, una ciudad pequeña del sur de Cataluña. Soy hija única. Mis padres tenían dinero porque mis abuelos paternos también lo tenían. Mi padre también era médico. Mi madre no trabajaba, como era normal en aquella época, era ama de casa. Yo estudié medicina pero en realidad quería ser bailarina. De joven nunca me atreví a expresar mis deseos. A transgredir. A mí, a diferencia de la mayoría de las chicas de mi edad, se me ofreció la oportunidad de estudiar una carrera; una carrera, además, en aquellos tiempos, mayoritariamente destinada a los hombres.

Conocí el ballet cuando era pequeña porque mis padres me apuntaron a clases en la única academia de toda la comarca y de las comarcas cercanas. En aquella época era signo de distinción tener una hija que hiciera ballet. A las clases solo iban las hijas de buena familia. Cuando tenía dieciséis años, la profesora nos cogió a mi madre y a mí y nos dijo que yo tenía posibilidades de entrar en una escuela profesional de Barcelona, para poder dedicarme al ballet y acabar siendo bailarina clásica. ¡Se me encendió una luz! ¡Esa era la vida que yo quería! ¡Lo quería absolutamente, más que nada en el mundo! Cuando mi madre lo dejó caer, por la noche, en casa, mientras cenábamos los tres, mi padre dijo que ni hablar. Yo dije con un hilo de voz que a mí me hacía mucha ilusión, fue el acto más rebelde que había realizado hasta entonces. ¿Y sabéis qué me contestó? «¿Qué quieres, acabar aquí la conversación o una bofetada y acabar aquí la conversa-

ción?». No dije ni pío, pobre de mí, y ahí se acabó la conversación. «Tú serás médica y punto». No protesté. Tampoco lo hizo mi madre, a pesar de que ella sabía cuánto me habría gustado continuar la carrera de bailarina. Lo importante que era para mí. Vivía para eso. Nunca había expresado ningún deseo ni interés ni ilusión por ser médica. Pero allí mandaba mi padre y a las dos nos daba miedo replicar. Era otra sociedad. Y si tenías la suerte de que tu madre se hubiera casado con un buenazo, pues bien, todo eso que te llevabas, pero si tu padre era un hombre autoritario y el único que traía el dinero a casa, poco podías hacer. En España había una dictadura fascista nacionalcatólica, y en casa, también.

Así que a los dieciocho años me mandaron a un colegio mayor de monjas en Barcelona y me encerré a estudiar medicina durante seis años. Estaba en Barcelona pero bien podría haber estado en un convento en medio del Penedès porque no vi ni viví nada de la ciudad que no fuera la facultad y el colegio mayor. En aquella residencia, las normas y los horarios eran muy estrictos. Volvía a Tortosa para las fiestas del pueblo y en navidades. En el último año de carrera, cuando ya estaba en sexto y cursábamos lo que se llama el rotatorio, me espabilé un poco. Prácticamente no había salido a bailar en mi vida, no me había divertido, que yo recuerde, nunca. El rotatorio quería decir que hacías prácticas en diferentes especialidades de medicina. Allí conocí a un compañero, un médico residente de primer año, y me enamoré de él. ¡En aquella época no sabía qué era el amor! Fue como pasar de ver la vida en blanco y negro a verla en colores. *Una maravilla.* Él también se enamoró de mí, o eso me parecía, pero un día de principios del verano, cuando terminaba las prácticas en su hospital, me dijo que no podíamos seguir viéndonos, que por la Virgen del Carmen se casaba, que estaba comprometido con una chica de su pueblo. Aquello me destruyó.

Aquel verano mis amigas me convencieron de que fuera a las fiestas de Valderrobres, un pueblo donde veraneaban los padres de una de ellas, para divertirme, conocer a otros chicos, etcétera. Yo ya tenía veintitrés años y la verdad es que me dejé llevar. En una noche de verbena en la que tocaban conjuntos de música me emborraché por primera vez en mi vida. Entonces apareció un grupo de chicos de otro pueblo que se pusieron a charlar y a bailar con nosotras, con mis dos amigas y conmigo. Mi recuerdo es borroso. Dos de los chicos se fueron a bailar con Cinteta y Conxita, y yo me quedé con los otros tres. Como iba borracha, debía de estar simpática, no lo sé, porque tengo un lapsus de memoria de esa noche. Me sentía mareada y empecé a encontrarme mal, ellos insistieron en acompañarme lejos de la gente por si vomitaba. Me llevaron a su coche, donde creo que efectivamente vomité. No recuerdo nada más, al día siguiente me desperté en la casa donde me alojaba con mis amigas, los padres de Conxita me miraron con mala cara pero no me dijeron nada especialmente desagradable ni hicieron ningún comentario. Yo tenía una sensación extraña y me dolía todo el cuerpo, pero lo atribuí a la resaca, que también era algo nuevo para mí, aunque quizá fuera la culpa o quizá miedo, porque no tenía ni idea de cómo ni cuándo había vuelto a la casa. Al ir al lavabo vi que tenía las bragas sucias, como restregadas. Entonces me di cuenta de que me dolía la vagina. Sí, me dolía, me escocía. También aparecieron varios moratones en mis brazos y en mis piernas. Estaba tan avergonzada que incluso dudé de hablarlo con mis amigas. No estaba segura de querer saber lo que me contarían. Pero fueron ellas las que me lo dijeron: «¿Qué? Cómo triunfaste anoche, ¿no?». «¡Noche loca!» y cosas así, me decían mientras desayunábamos. Me contaron que me habían encontrado dentro del coche con uno de los chicos. «Así que ligaste, ¿eh?», me dijo Conxita. Y esa explicación me pareció razonable. Aceptable. Suficiente. Me había emborrachado, me había dado cuatro besos con un chico dentro de un coche, y parece que a eso se le llama ligar. Y era lo que hacían los jóvenes. Vale, algún día tenía que pasar, y me repetía que no había hecho nada malo, solo había «ligado». Aunque yo en el fondo sabía que algo no había estado bien, ¡era médica, hombre! ¡Sabía que por darte cuatro besos con alguien no duele la vagina! Y una no puede engañarse a sí misma, y lo que sentía era pena, culpa, rabia y miedo. Y me sentía sucia, sucia como nunca hasta entonces. Como si hubiera dejado el cuerpo a merced de uno o de unos desconocidos, como si hubiera cerrado los ojos y los demás sentidos y hubiera dicho barra libre, todo vuestro, que yo no recordaré nada. Y ellos se hubieran servido. A los quince días no me vino la regla. Al cabo de un mes estaba embarazada. De todo este asunto, mis amigas solo supieron decirme que los chicos eran de Arnes y de Beceite, y que ellos nos habían acompañado a casa, a mí y a ellas, aquella noche, yo al borde del coma etílico. La noticia del embarazo me heló la sangre, más que por el embarazo en sí, por tener que contarlo en casa.

Efectivamente, fue un drama. Mi padre me pegó una paliza mientras me decía que lo hacía por mi bien. Sinceramente, creo que esperaba que abortara de una bofetada. Podría haberme llevado a abortar, tenía dinero y recursos. Pero su moral no se lo permitía. Darme una paliza, sí. De nada sirvieron mis explicaciones, le aseguraba que no recordaba nada, que alguien se había aprovechado de mí, que, de hecho, me habían violado. Él solo repetía que me había emborrachado como una furcia y que no me habían educado en la exquisitez para acabar así. Y que el plan era encontrar al padre de la criatura y casarme con él. Así que al día siguiente, aún con su mano marcada en la cara, nos plantamos mi padre, mi madre, Cinteta y yo con el coche de mi padre, en medio de un silencio abismal, primero en Arnes, después en Beceite, y allí estaban los cinco de la verbena, en el bar de la plaza. Cinteta los reconoció; yo, a duras penas. Dos de ellos tenían el pelo castaño, otros dos eran morenos y había uno rubio, todos bien plantados, con diversos niveles de belleza, digamos, menos uno, que era bajito y con un ligero sobrepeso; también de cara era el más feo de todos. Mi padre fue hacia ellos arrastrándome del brazo y soltó: «¿Quién ha sido el desgraciado que la ha dejado preñada?». Los chicos se quedaron pálidos. Ninguno dijo nada. Yo quería morirme, pero eso no le importaba a nadie. Entonces mi padre, en una de sus tradicionales encuestas, dijo: «Lo haremos de esta manera: podemos resolverlo aquí y ahora en una conversación civilizada o podemos ir a la policía y alargarlo un poco más. ¿Quién ha sido?». Al cabo de unos cinco segundos el chico más feo, el bajito, se levantó de la silla y dijo fui yo. Lo siento. Mi padre, como era de rigor, le propinó una bofetada marca de la casa que el chico encajó con estoicismo; entonces mi padre se dio la vuelta y, dirigiéndose a mí, dijo: «Veo que te ha tocado el gordo». Yo estaba en tal estado de shock que no podía ni hablar. «En cuanto el cura os pueda casar os casaréis. Nadie volverá a hablar de esto nunca más. ¿Me habéis entendido? Vamos a ver a tus padres». Y así es como se sentenció mi futuro. Miré a mi madre con cara de horror pero mi madre agachó la mirada, como queriendo decir no puedo hacer nada.

Yo pasaba a ser una puta, y él, un violador. Los dos aceptamos nuestra nueva condición. Aquel mismo día dejé de hablar con mi padre y me sentí cómoda, así que nunca más le dirigí la palabra. Un mes después, Amador y yo nos casábamos. Sin florituras. Cuando nació mi hija me pareció coherente llamarla Remei. Dijimos que había sido sietemesina. Amador se pasó los primeros años de matrimonio intentando justificarse: no me pareció que no supieras lo que hacías, en ningún caso lo habría hecho si hubiera creído que no lo recordarías. Yo me quedé con aquella culpa como una losa y aguanté sufridamente *aquella injusticia. Me saqué el* MIR *mientras cuidaba a la bebé y me despedí de la idea de regresar a Barcelona, de volver a encontrarme con aquel compañero, y de la esperanza de que al final no se hubiera casado.*

Un día, cuando mi hija tenía cinco años, Amador me dijo que tenía que confesarme algo. Ese algo era que no había sido él. Que no fue él quien abusó de mí, sino otro de los chicos. Que él intentó impedirlo pero el otro amigo lo sujetaba y le decía no seas aguafiestas. Yo de entrada no me lo creí, hasta que me convenció con una explicación que saltaba a la vista. Amador me dijo: «Mira, cuando llegaste a la plaza con tu familia, analicé la situación y pensé que una mujer como tú no estaría nunca a mi alcance, y tampoco una familia como la tuya. Quizá aquel era mi único tren, pensé que, con los años, podría conseguir que me quisieras, que te trataría siempre muy bien, como te mereces, y que un día, como hoy, te contaría la verdad. No te lo he dicho antes porque temía que te marcharas. Aún lo temo». Era verdad que de ningún otro modo yo habría acabado casándome con un hombre como él. Era verdad que se había hecho cargo de mi hija y la quería como si fuera suya. Que me quiso a mí (ahora ya hace años que murió), más que yo a él, que nunca llegué a quererlo, las cosas como son. Pero eso no lo redimía. Tardé en asimilarlo. Como castigo, decidí callarme. Era la única forma de protesta que había aprendido en la vida. Callarme ante mi padre, ante una situación incómoda, ante una injusticia. Radicalicé el callarme. Me callé durante nueve años y dos meses. No es que lo tuviera planeado, tal día me callaré, sino que se me ocurrió de repente, cuando unos compañeros me asustaron (durante muchos años tuve hipo y mis compañeros del hospital creían que con un susto se me quitaría, y evidentemente no), pero ese susto me puso de muy mala leche, y sentí el impulso de gritar, pero como estaba tan, pero tan acostumbrada a reprimir mis instintos, lo que hice fue ahogar el grito y en ese momento se me ocurrió la idea. Ahora, como protesta, no hablarás. Permanecer en silencio era como estar en casa. Era mi infancia. Era mi lugar. Me sentía muy cómoda sin tener que dar explicaciones. La vida transcurría dentro de mí. Me instalé en ese silencio y estuve muy a gusto. Si no te comunicas con el mundo formas menos parte de él, tomas distancia. Podía ejercer en el hospital porque me comunicaba por escrito. Y este tipo de comunicación, la escrita, me parecía menos agresiva. Todo lo que implicara que me saliera algo de la boca me parecía mordaz y violento. Y durante aquellos nueve años largos estuve tramando un plan.

Había perdido la virginidad estando inconsciente. Mi hija había nacido fruto de una violación. Mi padre, católico practicante, me había obligado a casarme con mi violador. Pude hacerlo porque me hicieron creer (y de hecho me lo creí) que no era que él me hubiera violado sino que yo me había emborrachado y me lo había buscado con mi actitud lasciva. Años después resulta que me entero de que mi marido no fue el que me violó y eso quería decir que el padre de mi hija no era su padre biológico, aunque esto no es importante. Por otro lado, también quería decir que su padre era un aprovechado que, para poder tener una mujer guapa y con carrera, prefirió asumir la responsabilidad de ese acto ruin. Pero con ello había evitado que yo me casara con mi violador. En definitiva, no sabía si culparlo o agradecérselo. Y así vivimos toda una vida juntos.

Habría podido separarme, claro que sí. Pero me daba pánico desobedecer, desviarme del camino marcado. Ya había actuado mal una vez emborrachándome y perdiendo el control. Desarrollé una especie de fobia a portarme mal, no sé si me explico, a no hacer lo que se esperaba de mí. Y, por lo tanto, hice lo que se esperaba de mí. Me había criado en una disciplina militar y ese era el software que tenía (tengo, supongo) instalado. Así que cuando mi marido quería sexo, teníamos sexo, que para mí era una obligación más dentro el matrimonio, como limpiar la casa o doblar la ropa. Nunca disfruté del sexo, de hecho, hoy todavía me parece sobrevalorado. No entiendo a los que dicen que el sexo mueve el mundo. A mí solo me ha traído traumas. Y dos hijas, vaya, a las que he sabido querer a pesar de todo. El caso es que en esos casi diez años de silencio tramé un plan que consistía en obedecer, en cumplir, porque no hacerlo me generaba una ansiedad insoportable, pero cuando llegara a determinada edad, o tuviera determinadas condiciones, viviría, aunque fuera solo por unos años, la vida que quería vivir.

Cuando mi marido se puso enfermo lo cuidé disciplinadamente hasta el último día. ¡Y estuvo muy bien cuidado! Soy médica, mi moral habría cuidado hasta el último aliento incluso a mi peor enemigo. Y Amador ni siquiera era mi peor enemigo. Eso sí, en cuanto murió, puse en marcha la ejecución de mi plan, perfectamente trazado, estudiado, en secreto, hasta el último milímetro. Mis hijas no entendieron que quisiera vender la casa de Arnes donde habían crecido, que quisiera marcharme del país al día siguiente de que hubiera muerto su padre. Claro, ellas sí querían a su padre. Y ellas no se habían sentido señaladas en el pueblo. Por suerte, Amador era de Arnes y no de Beceite, donde vivían los otros cuatro de la verbena y donde de la historia sí se habló durante años. Para mis hijas, su pueblo tiene otro significado, muy diferente del que tiene para mí. Yo ya había cumplido, no quería quedarme más tiempo allí, ya no le debía nada más al pueblo. ¿Tenía que quedarme por ellas? Una ya estaba casada, la otra, mayor de edad, estudiaba fuera. ¿Tenía que quedarme para cuando quisieran volver? Yo solo quería marcharme lejos, a un lugar bonito donde nadie me conociera de nada, que no me recordara nada. ¿Cuándo se considera que una madre ya ha hecho bastante por sus hijos? ¿Nunca? ¿Una mujer deja de ser una mujer cuando se convierte en madre? ¿Deja de ser una persona con ilusiones y objetivos en el momento en que se convierte en madre? ¿Debe estar dando explicaciones por las cosas que hace o se merece, después del sacrificio de toda una vida, para que se la respete y no se la cuestione?

Vendí la casa del pueblo y me compré una aquí, en la Toscana. Redirigí mi carrera profesional hasta ahora, que *me he jubilado. Gracias a dios tengo buena salud y puedo decir que he conocido la felicidad estos últimos años aquí. Nunca había sentido esta libertad, siempre había vivido con opresión, primero de mi padre, después social, después familiar, y ahora, por fin, aquí no le debo explicaciones a nadie. Me siento libre como un canario que ha vivido siempre enjaulado. Y os animo a que cojáis las llaves de vuestra jaula y abráis la puerta para salir a hacer lo que os apetezca. Todo el mundo tiene derecho a vivir la vida de la manera que quiere vivirla.*

Recibe aplausos desatados, tiene el rostro relajado, una expresión amable y feliz. Es como si fuera otra. Es una versión mejorada de sí misma. Salimos del auditorio y el mundo también ha cambiado. Como si nosotras también fuéramos otras. Ahora que sabemos de dónde venimos, también sabemos quiénes somos. Y si no somos las mismas, nuestra visión de la vida ya no puede ser la misma. Siento la pena inmensa de saber que hicieron daño a mi madre. La veo como una niña indefensa e inocente engullida por la maldad de los demás, sobrepasada, intentando flotar en medio del mar de pragmatismo que es su cabeza cuadriculada, intentando encontrar algo bonito que ofrecerme entre los escombros de su alma y ese algo es mi nombre, sinónimo de solución, que para ella imagino que en aquellos momentos debía de sonar a melodía.

La verdad debe de ser transformadora. O quizá lo sea la sinceridad, porque, de hecho, la verdad siempre ha existido, otra cosa es que se conozca. En cualquier caso, podría decirse que el discurso de mi madre ha sido un éxito porque hemos podido empatizar con ella. Más o menos. Aunque no acabo de estar contenta. Cómo iba a estarlo. Marga parece que lo esté. No hay rencor. Estupefacción sí, pero rencor no. Al menos hemos conseguido entenderla un poco. Me pregunto por qué no nos lo ha contado antes. Cómo ha podido vivir tanto tiempo con esa represión dentro. Marga me mira por primera vez como si sintiera pena por mí, supongo, ahora que sabe (que sé, que todo el mundo sabe) que soy fruto de una violación y que mi padre no era mi padre biológico. Aunque, bien mirado, por lo que ha dejado caer mi madre, Marga también podría considerarse hija de una violación. Y yo me alegro de no ser hija biológica de mi padre.

—Estás un poco pálida —me dice Marga.

—Tengo muchas preguntas.

—Yo también.

La esperamos fuera. Cuando sale le decimos con la lengua del silencio que tranquila, que no estamos enfadadas. Tampoco acabamos, ni la una ni la otra, de tener ganas de abrazarla ni nada. Se respira un ambiente raro. Tenso. Decidimos no hacer ningún comentario, ninguna de las tres es capaz de encontrar la frase adecuada. Así que a Marga se le ocurre que podríamos, de momento, ir a tomar un aperitivo al sol de invierno de la Toscana.

Nos sentamos en la primera terraza con mesitas y flores que vemos, allí mismo. Hace fresco pero al sol con los abrigos se está bien. Varias personas que han asistido a la conferencia se acercan y la felicitan, y ella se muestra muy orgullosa. La que interpreta a Ernestina interactúa como una persona sociable y encantadora con todo aquel que se acerca a ella. Es como si no la conociéramos. Teo me pide una Fanta de naranja y una bolsa de Cheetos y decido complacerlo también en eso, en una mañana como esta. Luego se va a jugar con un gatito y otros niños que hay por ahí en la plaza. Ellas sorben con una pajita metálica un Aperol Spritz por primera vez en la vida. Yo me tomé uno el otro día en San Gimignano sola. Una maravilla. Aunque ahora siento un remordimiento terrible por haber bebido alcohol y haber fumado. Supongo que eso significa que quizá sí quiero a este niño. A Marga se la ve como pez en el agua, aquí en Italia. Lleva unas gafas de sol ostentosas de color rojo y está sentada ocupando mucho espacio y dando sorbos generosos a la pajita del cóctel. Pero este fragmento de la memoria está a punto de difuminarse porque mi madre retoma los problemas pendientes.

—Remei, tenemos que solucionar tu tema. —Es muy dada a los eufemismos.

—Sí, lo sé. Pero quizá es más urgente que hablemos de algunas cosas de las que acabamos de enterarnos.

—Ay, Remei, ahora no.

—Mamá, que no me enfado, pero entiende que acabo de descubrir (¡en público!) que no soy hija de mi padre. Y que nací de una violación. Esta gente que ha venido a la charla me mira con cara de pena.

—Ahora no tengo ganas de hablar de eso, hija. Ahora necesito desconectar de la charla y no puedo estresarme más, necesito un momento de descompresión mental. —Y da un sorbo de la pajita del Aperol Spritz, como concluyendo.

—En cambio el tema de los problemas de mi hermana debe de relajarte —sale ahora Marga en mi defensa.

—¿Y qué has pensado hacer, Remei? —dice mi madre, tras decidir ignorar nuestros comentarios—. Piensa que si hubieras tomado las pastillas abortivas al llegar ahora ya habría pasado y un problema menos.

—¡Mamá! —replica Marga de entrada, aunque enseguida me doy cuenta de que está llorando. Sé que esto alterará a mi madre. No sé por qué debería preocuparme más ahora mismo, si por lo que ha pasado y acabo de saber o por lo que pasará y aún no sé cómo acaba. Ahora dirigiéndose a mí—: ¿Tú eres feliz con Gerard? Porque a mí me parece que no... —Me lo dice entre sollozos; las personas de las otras mesas nos miran. Yo tengo como un ahogo en la garganta que me impide contestar—. No sé, es que mira a mamá... No quiero que seas mayor y te pase como a ella, pensando que ha vivido toda una vida junto a un hombre que ni frío ni calor. Papá era una persona fabulosa, pero ella no lo quería. Quizá tú...

—¡Mi historia no tiene nada que ver con la de papá y mamá! —Lo digo en un arrebato, me ha dado rabia. Cómo se atreve. ¡Mi historia de amor fue una historia de amor! Que se haya ido descafeinando año tras año, acontecimiento tras acontecimiento, forma parte de la normalidad. Como la ropa, que a fuerza de lavados pierde el color. O las articulaciones, que cuando eres viejo te duelen. Pero solo lo pienso y no lo digo. Levanto la mirada y

Marga tiene los ojos rojos, hinchados, pero ahora con una expresión más amable.

—Tengo una idea que podría convenirnos a las tres: ¿por qué no nos quedamos a vivir aquí? —La mirada de mi madre es fulminante, a pesar de que a Marga le parece haber tocado las teclas del acorde perfecto—. No quiero decir en tu casa, quiero decir por aquí, en esta zona. Yo podría trabajar en cualquier floristería, ¡aquí hay muchas! Y Remei podría entrar a trabajar en el sistema sanitario italiano.

—Mira, estáis las dos muy equivocadas —digo—. Y ahora, si me permitís, tengo que ir un momento al lavabo. Estoy un poco sobrepasada. —Me voy con la ilusión de que me encerraré en el cuarto de baño y a solas me pondré a llorar para aflojar este nudo. Me siento en el váter con la tapa bajada y espero que me venga la llorera, pero no llega. Todo en la cabeza. Todo me pasa en la cabeza, y de ahí no baja hasta el pecho, hasta el llanto.

MARGA

El día siguiente amanece chispeando y con frío. Como yo duermo en el sofá de esta casa encantadora en un prado de la Toscana, me despierta el primer gallo que canta. Poco después sale mi madre de su habitación. Está fabulosa, lleva una bata de color salmón que no es de seda pero lo parece, y como ahora lleva el pelo corto y engominado, siempre se levanta peinada. Se sienta a mi lado y me pregunta cómo has dormido. Por un instante siento que estoy muy contenta de que no haya nadie más en el comedor, de captar toda su atención.

—Hoy no muy bien, mamá. ¿Y tú?

—Yo me tomo pastillas para dormir, lo mío no tiene mérito.

—Es que me siento mal.

—¿Por qué? —No me lo dice con palabras, me lo pregunta con las cejas.

—No sabría decírtelo, por todo. Por Remei, por ti, por mí. Es que me siento muy sola, pero cuando me quejo y pienso en los problemas que tenéis o habéis tenido vosotras en vuestra vida, me siento ridícula.

—Claro, tú no tienes ningún problema serio. —Ya sé que mi madre no es la más empática del pueblo, y aun así no deja de sorprenderme. No sé ni por qué lo intento—. De todas formas, son temas demasiado graves para hablarlos antes de desayunar. —Y se levanta para preparar el desayuno, encuentra una excusa para no hablar de lo importante, como siempre, y en ese momento llega mi hermana, Teo aún no.

El ritual de desayunar las tres juntas ha cambiado, no es como lo recuerdo de cuando era pequeña; entonces tomábamos Cola-Cao con magdalenas de aquellas largas que compraba mi padre, valencianas creo que se llaman, mientras veíamos dibujos en la tele. Ahora mi madre y mi hermana van bastante sincronizadas, no sé cuándo ni cómo lo han conseguido, si no es que se ven a escondidas, y parece que se sienten cómodas con esta otra alimentación; no hablan excepto para decir pásame la leche de avena, pásame la panela y pásame el pan de trigo sarraceno (o lo que sea esa cosa estoposa con la que acompañan la mermelada de higos sin azúcar que compramos ayer). Observo que la pastilla que se toma mi hermana con el desayuno también se la toma mi madre.

—¿Qué es eso que os tomáis? ¿Estoy perdiéndome algo?

—Sertralina.

—Es el antidepresivo, ¿no?

—Sí —dice Remei, ahora ejerciendo de médica.

—¿Tú también lo tomas, mamá? —Mi madre no contesta con palabras a preguntas evidentes pero ya lo capto.

—Se lo cambié hace poco —dice Remei.

—Antes tomaba fluoxetina, desde que salió, vaya, en el 91 —dice mi madre mientras oigo que mi hermana dice «Prozac» flojito, como si no quisiera molestar, lo dice rápido, como un subtítulo, para que me quede claro de qué hablan—. Pero hace un par de años tu hermana me dijo que probara esto, y la verdad es que muy contenta.

—¿Estás diciéndome que has tomado Prozac media vida? —Mi madre esboza una sonrisa medio de estupefacción y dice:

—¡Dime tú, si no! ¿Cómo querías que lo aguantara?

—¿El matrimonio, dices?

—La vida, hija, la vida en general.

—¿Tú lo sabías? —pregunto a mi hermana.

—A ver, te recuerdo que yo no nací siendo psiquiatra. —Son las siete y media de la mañana—. Pero sé que toma antidepresivos desde hace años, claro.

Acabo de caer en que soy la única adulta de la familia que no se medica. De repente me entra la duda de si ellas le ven a la vida algo que yo no veo. O si han dejado de ver algo que yo aún veo. Si vale la pena probarlo. Por un momento pienso en pedirle una receta a mi hermana. Sé que me la hará sin problemas porque la he oído decir alguna vez que, total, para los cuatro días mal contados que estamos en el planeta, más vale pasarlos sin sufrir. Y yo no es que me raye demasiado, pero tengo una especie de síndrome disfórico premenstrual (cuando eres familiar directa de médicos, acabas incorporando terminología como esta al léxico común). Se me dispara un motorcito a la altura del estómago que me dice que todo puede ir mal, sea lo que sea ese todo.

—¿Y yo podría medicarme, Remei? —Remei abre los ojos como un lémur.

—¿Tú? ¿Por qué?

—No soy feliz.

—Medicarse tampoco te asegura la felicidad.

—Y entonces ¿por qué se medica la gente?

—Por muchos motivos. Por ansiedad, por neuras, por brotes psicóticos, por depresión…

—Yo tengo ansiedad, creo.

—Mira, si te medicas probablemente la ansiedad se te pasará, al menos la llevarás mejor, sufrirás menos, pero no te interesará el sexo y seguramente tendrás anorgasmia. Eso sí, los problemas te darán más igual, lo que no quiere decir que se solucionen.

No me lo esperaba. Considero la idea y la dejo en reserva en la lista de las cosas en las que pensar esta noche en el sofá, porque me impiden dormir.

Ahora que sé que mi hermana no es hija biológica de mi padre (y que lo es de un violador; de hecho, esta es la única parte grave) todo adopta otro aire y me siento, por qué no decirlo, sucia y miserable por envidiarle su mejor genética, por renegar de la genética de mi padre (¡tanto que lo quise!). Ahora que sé la verdad, me temo que durante unas cuantas noches tendré pesadillas, con el subconsciente enviándome mensajes bomba: por qué eres tan mala persona, por qué no te interesa nada, por qué eres así de simple y por qué no estás nunca contenta con lo que tienes.

REMEI

Por la noche, supongo que en busca de apoyo moral, mi madre insiste en que hoy cenemos en la casa de Roberta.

—¡*Ciao*, guapas! *Come è andato il discorso?* —dice dirigiéndose a mi madre con una sonrisa amplia y sincera, como si no supiera qué iba a decir en la conferencia. Marga y yo nos miramos, porque Roberta encima lo dice en italiano delante de nosotras como si nosotras dos no fuéramos a entender absolutamente nada. Lo peor es que mi madre hace lo mismo.

—*È andato proprio bene. Adesso loro lo sanno e penso che tutto sta bene.*

Me considero una persona ponderada, con un gran

margen de paciencia. Me gusta pasar desapercibida y me parece ordinario y ridículo ver a alguien perder los nervios. Pero diría que es aquí, en esta misma escena delante de esta desconocida, cuando topo con mi límite. Tiene gracia, una puede tolerar toneladas de amargura y acabar explotando con una pizca de sal.

—Mira, hasta aquí. Que si entendimos el discurso en italiano también os estamos entendiendo ahora. —Mi madre y su amiga histriónica se callan, como sorprendidas—. ¡Que ya está bien, que llevamos dos días intentando hablar del tema y tú haciéndote la loca y ahora vas y hablas con esta mujer como si no estuviéramos delante! —Más estupefacción como respuesta. Me sale de dentro, de algún rincón donde dormía la furia acumulada durante décadas. No puedo evitar sentir cierta excitación al rebelarme, una adrenalina parecida a lo que deben de sentir mis pacientes cuando pierden el control, que si pudiera verme desde fuera me vería patética, pero todo apunta a que mi parte prefrontal del cerebro ha decidido que no da más de sí.

En esta ocasión, Roberta desaparece un momento y vuelve con una bandeja de cositas para picar (intuyo que a mi hermana le debe de encantar esta mujer) y una botella de vino, no sé si para acabar de caldear el ambiente.

—Es muy fuerte, vengo aquí para aclararme las ideas porque estoy ante una decisión que me cambiará la vida y voy a parar a un auditorio donde mi madre cuenta a los cuatro vientos que resulta que no soy hija de mi padre sino de una violación.

—Pero piensa que por eso eres más guapa. —Miro a Marga y está sonriendo. Por un momento dudo de si es consciente de que lo ha dicho en voz alta. Sí, sí lo es. Hace lo mismo que mi padre. Que su padre. No puede soportar la tensión ambiental y para dispersarla sale con sus chistecitos, sin la menor percepción sobre si es o no el momento adecuado y la broma adecuada. Que no suele serlo.

—Es el comentario más mezquino que has hecho en tu vida, y mira que el listón estaba alto —le digo, muy seria. Y sigo dirigiéndome a mi madre—: Si crees que esto se suelta, se recoge y la vida continúa como si nada estás muy equivocada.

—A ver, y entonces ¿qué propones? —articula por fin mi madre.

—¡Vamos a sentarnos! —exclama de repente Roberta, que está orquestándonos la discusión sin que acabemos de darnos cuenta. Ellas le hacen caso al instante y yo, por inercia, también, y nos sentamos alrededor de la mesa de la cocina con nuestros vasos de vino.

—¡Que me lo cuentes a mí! Directamente a mí, que soy la principal afectada —retomo—. Me merezco esa explicación.

—¡Pero si tú misma me dijiste que ya lo oirías directamente en el auditorio! Pero bueno, te lo vuelvo a contar ahora: siento decirte que Amador no era tu padre biológico. Me lo confesó cinco años después de que nacieras, que no había sido él el que me había dejado embarazada aquella noche mientras yo estaba inconsciente. —Me hago cruces otra vez al volver a oírlo.

—Pero, mamá, a ver, una cosa —dice ahora Marga intentando... ¿conciliar?—. Quiero decir que entendimos el discurso, la historia que hay detrás..., y si no fuéramos tus hijas seguro que habríamos empatizado mucho contigo, que también lo hicimos, y sentimos mucho lo que te pasó, pero me pregunto... —Aquí la corto.

—¿Por qué puñetas tienes la necesidad de gritarlo a los cuatro vientos en los auditorios de este país y no de decírnoslo a nosotras directamente? ¿Qué clase de persona hace algo así? ¿No ves que no tiene ningún sentido ocultárnoslo toooda la santa vida y en cambio contarlo en charlas, por las que cobras, por cierto, a cientos de desconocidos? ¿Cómo esperabas que reaccionáramos? ¿Bien? ¿Como si nada? ¡Allí sentadas como tontas, con cara de no dar crédito!

—Es que yo no pensaba decíroslo a vosotras. Nunca. No tenía ninguna necesidad. Lo que quería era precisamente eso, contárselo a desconocidos, que es lo que me hace sentir bien. Soltarlo, ¿me entiendes? Ir deshaciéndome de ello mientras se lo cuento a gente a la que no le importa. ¿Cómo decirlo? Se me deshace el nudo. Me siento muy liberada contándoselo a desconocidos. A vosotras, bueno, preferiría que no hubierais tenido que oírlo, francamente; os recomendé que no vinierais pero no os lo podía impedir. Ya sois mayores, debéis tomar vuestras decisiones. —Mi hermana y yo nos miramos y en la lengua del silencio nos decimos algo así como que está como una regadera.

—¿En serio pensabas morirte, que nos muriéramos nosotras sin saber esta historia, la verdad, vaya? —dice

Marga—. Y otra cosa: ¿sabes que existe internet? ¿Que era cuestión de tiempo que acabara llegándonos un enlace a YouTube de una charla tuya? —Mi madre se queda pensando como si lo de internet la hubiera pillado por sorpresa.

—¿Para qué? ¿Para causaros un quebradero de cabeza? Es que ya no se puede hacer nada, hija. Ya no se puede cambiar nada de lo que ha pasado. Tómatelo como quieras. Es lo que es.

—¿Y cómo se puede ser tan mediocre? ¿Cómo pudo preferir quedar como un violador solo por casarse? ¿Qué tarado se autoinculpa siendo inocente? —Esto lo digo yo.

—¡Y sin tortura, importante! —Bien acotado aquí por parte de mi hermana.

—¿Es posible que fuera el ser más lamentable del planeta? ¿Se puede tener tan poca ambición? —pregunto.

—Eso digo yo —dice mi madre—. De todas formas, no tiene nada de malo que Amador no fuera tu padre biológico, no tiene ninguna importancia, te hizo de padre igualmente, te quiso porque para él eras suya, llevabas su apellido desde el primer día, estaba muy contento cuando ibas a nacer, más que yo; quiero decir que fue tu padre, el único que tuviste; nada que reprocharle en este aspecto, ¿no? —dice mi madre.

—¿Qué tiene de malo la falta de ambición? —Nos giramos las tres hacia mi hermana, que se ha quedado encallada en mi frase, pero no le decimos nada porque en fin—. Quiero decir que ser ambicioso no lo veo necesariamente una virtud. —La ignoramos y seguimos.

—Pero ¿y qué me dices de que sea fruto de una violación? ¿Cómo pudiste quererme? ¿Y a él? —insisto.

—A él no llegué a quererlo nunca. Considero que llegar a no odiarlo fue un éxito de nuestra relación, puedo darme por satisfecha. Y a ti..., supongo que los bebés tienen un mecanismo de defensa, por eso son tan monos, porque necesitan que los quieran. Y las hormonas, eso también. Me costó menos de lo que creía. De hecho, pensé en colgarme de un árbol de la barandilla, que me viera todo el pueblo, pero tú, por el simple hecho de existir, me lo quitaste de la cabeza. De todas formas, siempre he tenido la vaga sensación de que he vivido una vida que no era mía. Nunca he elegido nada de lo que ha sido mi vida, menos en los últimos tiempos, cuando me vine aquí, eso sí. Por fin.

—¿Y al que lo hizo, al que te dejó embarazada, lo conoces? ¿Has vuelto a verlo? —pregunto.

—Años después de que Amador me lo confesara, Marga ya era mayorcita, bueno, y yo ya hablaba, le pregunté a tu padre quién lo había hecho. No me lo quitaba de la cabeza. Pensaba: ¿y si resulta que trato con él y no lo sé? Me dio un nombre que no me dijo nada. Le dije que si lo veía por la calle seguro que no lo reconocería. Me dijo que vivía en Valderrobres, que estaba casado, que no sabía si tenía hijos, que creía que trabajaba en una gestoría. «¿Y cómo sabes todo esto? ¿Es que sois amigos o qué?», le dije yo, ¿sabes?, y me dijo que no, que después «de aquello» no habían vuelto a hablar nunca más, pero que tenían compañeros en común, que en el pueblo todo se acababa sabiendo. Un día le dije: «Vamos a dar una vuelta por Valde, a ver si lo vemos». Se quedó pasmado. No sabía qué decirme, tuve que convencerlo. «Seguro que está en el bar, tiene fama», me dijo; era un viernes por la tarde, fuimos al bar de toda la vida, y allí estaba, en una mesa, jugando a las cartas y fumándose un puro, con pantalones de pana y camisa de cuadros, cuatro pelos mal contados en la cabeza y cara de poca salud y de pocos amigos. ¡Madre mía! ¡Cuando nos vio en la barra se le heló la sangre! Se quedó paralizado mirándonos, como si hubiera visto al demonio. Amador estaba igual de asustado. Yo, en cambio, me sentí bien en aquel momento, lo miré como diciéndole «Lo sé todo». Recuerdo que nos tomamos yo un cortado y él una mistela en la barra. Y que nos sacaron unas tortitas de manteca para acompañar, estaban muy ricas. Fue raro, me…, no sé cómo decirlo…, me alegré de haberme casado con Amador. Aquel hombre tenía cara de mal hombre, y no hay nada peor que convivir con un hombre ruin.

—Y los abuelos, los padres de papá, ¿cómo se tomaron que tuvierais que casaros? Que su hijo hubiera…, ya sabes, teóricamente violado a una chica —pregunta Marga.

—Uy, hija mía, las cosas no eran así. Estas cosas no se decían. El día que fui con mis padres y Cinteta a Beceite, mi padre lo que no quería era ir llamando de puerta en puerta, como se decía. De aquel corro de chicos debía salir un padre y punto. Si no era el padre real le daba igual. Después fuimos a casa de los padres de Amador, él con la mejilla escocida por la bofetada que le había pegado mi

146

padre. Eso también era normal. Y cuando nos hicieron pasar, imagínate el cuadro: mi padre, mi madre, Cinteta y yo en el comedor de aquella gente: José y Estela, en paz descansen, y Amador. «El sinvergüenza de su hijo ha dejado embarazada a mi hija, algo habrá que hacer». Su madre, venga a llorar enseguida. Su padre, pobre hombre, que ya entonces era mayor, le preguntó: «¿Es verdad, Amador?», y él asintió con la cabeza y dijo lo siento, padre. Su padre murió poco después de que naciera Remei, muy contento de tener una nietecita, y su madre tampoco supo nunca la verdad. Mejor.

—Pero ¿por qué no dijiste que no había sido consentido? ¿Que te habían violado? —digo.

—Lo había dicho el día anterior en casa y no había servido de nada. La violación no existía y punto. Antes se dejaba a una chica embarazada, no se la violaba. Si se la violaba es que ella se lo había buscado, por fresca, que es lo que había hecho yo. No había nada que decir y listos. Aún gracias que solo tuvimos que ir a llamar a una puerta. Mi padre no conocía mayor deshonra.

Nos quedamos unos segundos calladas, intentando masticar y digerir todo lo que nos cuenta mi madre a estas alturas de la vida.

—¿Por qué no nos has hablado nunca de todo esto, mamá? —insisto, esperando esta vez una respuesta con sentido.

—No me decidía.

—¿Y a mí por qué me tuvisteis? —salta Marga. Buena pregunta.

—Porque me quedé embarazada. —Lisa y llanamente. El uno, dos, tres de la reproducción animal.

—Pero, a ver, habrías podido abortar. ¿Tú querías te-tenerme? Es más, y perdona la indiscreción, pero ¿tú querías acostarte con él? Ya me entiendes.

Aquí a mi madre se le escapa una carcajada. Roberta sigue llenando vasos de Chianti. Yo no bebo.

—¡No, no! ¡Qué dices! A tu padre no quería tocarlo ni con un palo, pobre de mí, y mucho menos tener otro hijo.

—¿Y entonces? ¿Qué te obligaba? —pregunta mi hermana.

—Era una mujer casada.

—Y antigua, supongo. —Marga no puede reprimirse.

—¡Oye, que si no no existirías! —De repente me veo defendiendo el no-aborto de mi madre.

—No, si a mí me parece perfecto que no me abortaras, pero no entiendo cómo siendo médica... —Aquí mi madre la interrumpe en un tono un poco violento:

—Siendo médica, ¿qué?

—Pues que tenías conocimientos.

—¡Conocimientos y traumas, hija! ¿Qué pesa más?

—Pero si a mí no querías tenerme, y hacías el amor con mi padre sin ganas y por obligación, no sé en qué se diferencia de violaciones continuadas durante toda tu vida. ¿Cómo pudiste quererme?

—Formaba parte del matrimonio, y de la penitencia. —Mierda, ahora Marga vuelve a echarse a llorar al oír lo de la penitencia. A veces es como una niña.

—No me malinterpretes, en cuanto naciste ya está, ya

te quise. De hecho, cuando naciste te llevaron veinticuatro horas a observación y fueron veinticuatro horas de angustia horribles.

—¿Ah, sí? ¿Cómo es que se me llevaron?

—¡Mhg! ¡Mhg! —Mi madre empieza a soltar gemidos, un poco lánguidos—. Te quejabas así todo el rato. Creían que tenías algo malo.

—¿Y qué tenía?

—Nada. Que eras quejica. —Roberta se echa a reír. Parece que le ha hecho gracia.

—Pero ¡¿por qué no te separaste de tu marido, Erne?! —aporta Roberta, ya sintiéndose parte implicada.

—¿Quieres saber la verdad? Fue la culpa. La dichosa culpa de la educación cristiana, nacionalcatólica y apostólica. Me habían educado así. No es que yo considerara el matrimonio como algo sagrado, pero el sentido del honor, no sé…, la necesidad de purgar los pecados, eso sí que era incuestionable, y no solo para mis padres, también para mí. No podía evitarlo. De hecho, hasta que consideré que había hecho «el trabajo» —dibuja comillas con los dedos— no me di permiso para ir a mi aire. En cuanto Amador murió, como vosotras ya no estabais en casa, fue algo, no sé, físico, ¡lo sentí! «Ya está, qué descanso, hasta aquí», pensé. ¡Me sentí tan aliviada! ¡Se acabó la penitencia! Soy libre. Y me marché.

—¡Es lo mismo que sentí yo con Josep Maria aunque a menor escala! Y solo tenía catorce años. —Observo que Marga está atando cabos—. Y no sabía por qué, era así y listos, yo tenía que asumir mi responsabilidad, dejarte palpar no salía gratis. Y resulta que eso nos venía de ti. ¿Qué nos has enseñado? ¡A callarnos, a martirizarnos y a aguantar!

—¡Pero ella también es una víctima! ¿No lo ves? —grita Roberta, que grita constantemente, mirando a mi hermana.

—Que te callaste durante más de nueve años, ¿lo sabe también tu amiga? —Es la hora de los reproches, no puedo evitarlo—. ¿Qué madre hace algo así?

—¿Qué ha dicho? —le pregunta Roberta a mi madre.

—Tuve una fase de mutismo selectivo.

—Una fase de nueve años y dos meses. ¡Nueve años! —replica Marga mostrando nueve dedos de sus manos—. Yo no le oí la voz hasta que tenía siete. Yo, siete años cuando ella bla bla. —Muestra ahora siete dedos y después hace el gesto de hablar con la mano—. Antes, nada, *niente*. —Intenta que esta árbitra improvisada que nos ha salido la entienda.

—Las madres también son personas, no os equivoquéis —nos dice.

—El mutismo selectivo en adultos está asociado a niveles elevados de ansiedad, seguramente también a alguna fobia o miedo, incluso al histrionismo. Es muy infrecuente. Yo solo lo he visto en niños; en adultos, nunca. Bueno, aparte de mi madre. —Siento la necesidad de explicarlo—. Es muy raro pero encaja, después de conocer todo el historial de su vida. Pero ¡¿cómo no nos lo contaste antes?! Si no llegamos a venir por casualidad la semana de la charla, quizá nunca lo habríamos sabido.

—No te equivoques, esto no va con vosotras, va sobre mí. Si no os lo había dicho nunca es porque quería ahorraros la rabia que sentís ahora. Y lo cuento en público porque así me reafirmo. Me escucho al contarlo y oigo a la gente aplaudirme y me siento mejor; pierdo un poco de culpa, de remordimiento, pienso que quizá tengo razón. Para mí contar mi historia es una terapia. Yo ya sé que es triste, es dura y es un error. ¿Qué te crees? ¿Te crees que no sé que todo se ha enfocado mal, que se ha afrontado mal desde el primer momento? Pero ¿quién es tan valiente y tan poderosa para hacer lo contrario de lo que le han enseñado? ¿Cómo iba a enfrentarme al bestia de mi padre, a la inacción de mi madre y a la sociedad entera? Vivíamos bajo una dictadura y las mujeres no éramos nada y éramos las culpables de todo. Y mi familia estaba de parte de los que ganaron dinero, ¿me entiendes?

—Ya, lo que pasa es que ahora me doy cuenta de que tu historia, la de mi padre, la de mis abuelos, toda esa historia que desconocía me ha condicionado absolutamente toda la vida y me habría ido muy bien conocerla bastante antes. Me hice psiquiatra solo para intentar entender por qué mi madre había dejado de hablar. ¿Lo entiendes? ¿Entiendes hasta qué punto es importante lo que pasa en casa? Y ahora de mayor hace no sé cuántos años que aguanto la frustración porque tú me enseñaste a no necesitar ser feliz, porque a ti también te lo habían enseñado, y lo hiciste mejor, claro que lo hiciste mejor que tus padres, pero aun así, vamos pasándonos las culpas y los traumas de una generación a otra, complicándonos la vida entretanto.

—¿No pensaste nunca en denunciar lo que te había pasado? —pregunta ahora Marga—. ¿Ni después de la dictadura? O ¿no has hablado nunca con tus amigas de lo que pasó? ¿Ellas no han sabido nunca tu versión de los hechos?

—Tengo la impresión de que no lo entendéis. Lo que pasa es que yo me creí que había sido culpa mía. Que una señorita no se emborrachaba y se iba a un coche con tres hombres desconocidos como una fresca. Me he avergonzado de eso toda mi vida. Conxita y Cinteta vivían en la misma época que yo, ¡qué os creéis! Supongo que en el fondo sabían lo que había pasado de verdad, pero era una deshonra, una vergüenza tan grande que no querían ni pronunciarlo. Cuanto menos se hablara de ello, menos había ocurrido. Por eso no lo hablamos nunca.

—¿Y tus padres? ¿No has querido nunca que los conociéramos? —pregunto ahora yo.

—Cuando naciste vinieron a verme al hospital. Dejé entrar a mi madre, pero le pedí a la comadrona que a mi padre no lo dejara entrar. Mi madre lloró desconsolada. Amador esperó fuera en el pasillo, hubo unos minutos muy tensos de silencio con mi padre. Mi madre me pidió perdón, pero me dijo que no podía hacer nada. «Ya sabes cómo es». «¿Y tú? ¿Tú cómo eres?». Me daba rabia; tan anuladas estábamos que no sabíamos ni cómo éramos. Creo que mi madre habría sido capaz de hacer cualquier cosa que mi padre le hubiera ordenado, solo por lo dominada y asustada que la tenía. «Madre, yo no quiero que esta niña crezca cerca de vosotros». «Si me necesitas ya sabes dónde encontrarme, hija». Me dio pena, otra que tenía una vida que no le servía de nada. Aún así, se detuvo cuando ya se marchaba, volvió hacia mí y me dijo: «Si se muere él primero, no tienes que preocuparte de nada». Y me besó en la frente y se fue. —Noto que mi madre contiene una lágrima que no permitirá por nada del mundo que le caiga—. Años después me llamó una conocida de Tortosa, dijo que se había muerto. No quise ir al entierro para no tener que ver a mi padre. Esta es la historia. Por eso no os la había contado, porque así de desagradable es. Mi padre murió un año después que ella. Lástima.

En este momento, ya ha anochecido, Roberta decide cambiar el rumbo de la noche: ya es hora de cenar, dice (yo creía que ya estábamos cenando), y que sacará *quattro crostini* para picar.

MARGA

—¿Quién me ayuda a hacer una pizza? —dice Roberta (adoro a esta mujer, no sé si lo he dicho ya). Enseguida se levanta Remei, debe de necesitar una pausa, aunque, por lo que la conozco, es posible que no quiera perderse la oportunidad de aprender a hacer una verdadera pizza italiana. Yo, como las uvas y los taquitos de queso están en la sala de estar, de momento me quedo aquí. Bueno, de hecho quiero quedarme a solas con mi madre. Me siento extrañamente aliviada, como cuando se te revienta un grano, duele un momento pero una vez ha salido el pus ya estás mejor.

—Mamá, perdóname, no veníamos a hacerte reproches. Me alegro de que hayamos hablado de todo esto.

—A mí no me cuesta decir perdóname. A ellas, sí. Ellas no te cogerán la mano un día ni te abrazarán de repente para decirte perdóname. Esto solo sabía hacerlo mi padre, y solo me lo enseñó a mí. O solo yo quise aprenderlo. Era como si convivieran dos mundos en una misma casa: el de ellas y el nuestro, y cada uno de ellos contaba con un idioma propio. Y desde el día en que él se murió es como si mi lengua materna (la que hablaba con mi padre) se hubiera extinguido. Mi padre me contagiaba la calma, la ausencia de prisa; si me pasaba por el huerto para verlo siempre me decía que me sentara, que abriría un melón para merendar, y nos lo comíamos entero, y daba igual si llegábamos tarde a casa y sin hambre para cenar. Hablábamos de cotilleos del pueblo, de los animalitos que nacían por el campo, de qué variedad de fruta salía mejor, cosas así, pequeñas, cosas pequeñas de la vida que él sabía hacer brillar. Pasar tiempo con él era mejor que ir al psicólogo, que hacer deporte o que ir a tomar una cerveza con amigos; él hablaba y hablaba, intentaba enseñarme cosas o me contaba lo que le preocupaba (siempre era algo relacionado con el huerto, las plagas o el clima) y para mí era como si me estuviera diciendo eres perfecta y querida. Y eso era todo, con eso bastaba. Con mi madre y mi hermana, en cambio, siempre he sentido que no estoy a la altura.

—Tienes razón, hija. No he sabido hacerlo mejor, pero creo que ahora las cosas están bien, como estamos ahora estamos bien.

—Sí, mamá, estamos bien. —Lo digo medio resignada. No he querido recordarle que Remei tiene un dilema descomunal, que yo tampoco estoy bien, que no acabo de saber qué hacer con mi vida. Pero mira, quizá si nos repetimos que estamos bien acabaremos estándolo, debe de pensar mi madre. La noche transcurre como cuando te liberas de un pedo atravesado, bastante más relajada. Corre el vino (me fijo en que Remei no ha bebido pero de todas formas está más tranquila) y la comida, y los niños ya son amigos de por vida y hacen planes para encontrarse en otras vacaciones de otros años. Roberta pone música, una lista de los sesenta, setenta y ochenta, que tan pronto hace sonar «Green Onions» de Booker T & the MGs como «Voglio vederti danzare» de Franco Battiato, y a mí ya me parece el personaje secundario perfecto, colocada allí donde debe estar para hacer exactamente lo que debe hacer. Me alegra que mi madre haya encontrado una amiga tan diferente de ella. Es un espécimen nuevo, para nuestra familia, una mujer feliz y segura de sí misma; nunca habíamos conocido a ninguna. Acaba poniendo el sirtaki, que nos obliga a bailar y nos dirige, y nosotras tres, las más rancias del planeta, acabamos bailándolo y riéndonos y, en definitiva, vemos en esta noche fría de febrero algo que tampoco habíamos visto nunca: a mi madre divirtiéndose. A nosotras tres divirtiéndonos juntas.

Es una noche que nos cura un poco. Una noche que, intuyo, recordaremos cuando seamos viejas. Teo insiste en que quiere quedarse a dormir con sus nuevos amigos porque tienen una habitación con una tienda india enorme con colchón y a Teo la idea de dormir en una tienda le ha hecho perder la cabeza. Y Roberta insiste en que lo dejemos, que ya volveremos a por él por la mañana. Así que nos marchamos las tres caminando los trescientos metros que separan la casa de Roberta de la de mi madre.

Hace frío pero no hace viento ni llueve, vamos las tres cogidas del brazo, formando una especie de cadena; yo voy en medio. En un momento dado, hago ademán de empezar el sirtaki y Remei, haciendo estallar la sorpresa, me sigue y se ríe. No lo confesará, pero yo juraría que esta noche mi hermana ha acabado pasándoselo bien. Empiezo a tararearlo y mi madre por fin se suelta y baila y nos da un ataque de risa, sin dejar de bailar, en medio del caminito que lleva a su casa, en una noche fría de luna casi llena en la que solo se oyen nuestros chillidos y un búho de vez en cuando. Al final nos caemos al suelo pero no nos hacemos daño; caer unas sobre otras es la excusa perfecta para abrazarnos sin que parezca que nos abrazamos. Y no sé en qué momento esa risa escénica se convierte en llanto. De repente nos miramos y las tres estamos llorando, con lágrimas. Creo que es alivio. La línea que separa la risa del llanto a menudo es delgada. Como el placer y el dolor. Una vez leí no sé dónde que esto pasa porque son funciones colocadas en zonas vecinas del cerebro.

Siento que lo de hoy ha sido un punto de inflexión, que algo ha cambiado y que todo será un poco diferente, mejor, a partir de ahora. Lo último que pienso antes de quedarme dormida en el sofá es una frase que ha dicho mi madre. Me la apunto en el móvil porque no quiero olvidarla. ¿Quién tiene el coraje de hacer lo contrario de lo que le han enseñado?

Al día siguiente me despierto con una resaca monumental. De repente pienso que no sé si yo habría tenido el valor de volver a emborracharme nunca más si me hubiera pasado lo que a mi madre. Tampoco es que a mi madre la haya visto nunca contentilla. Quizá es su segunda borrachera. O, quién sabe, quizá estas cenas con Roberta y el limoncello son ahora de lo más habituales. En cambio, calculo que yo debo de haberme pasado un millar de días de mi vida con resaca. Diría que la resaca me hace sentir joven y miserable, todo a la vez.

Primero sale mi madre del cuarto. Espero a la que interpreta a Erne, después de la noche de ayer, la noche que lo cambió todo entre las tres; la espero como un perro una galletita. Pero, para mi estupor, cuando le digo:

—¡Buenos días, bailonga!

Levanta una ceja.

—¿Resaquita o qué?

Levanta las dos cejas, abre los ojos más de lo habitual y niega ligeramente con la cabeza, muy seria, como si no supiera de qué le hablo. Como si no fuera ella la que hubiera asistido a aquella cena.

—¿No? ¿Cómo que no? ¡Si tú no bebes nunca y yo, que me he bebido el Támesis en Xibecas, estoy por ir a urgencias a que me pongan suero!

—Suero no, pero si quieres un té, voy a prepararlo.

Mi madre pone agua a hervir. Yo el té no lo soporto, que me perdonen. En este punto sale Remei. Guapísima y esbelta como siempre, incluso despeinada y con un pijama de franela que le dejó mi madre.

—En todo caso —insisto—, al final anoche disfrutamos mucho, ¿no? Yo me lo pasé muy bien y creo además que nos hacía falta romper las armaduras que llevábamos puestas, ¿no? —Mi hermana me mira como diciendo qué dices, loca, no seas cursi. Mi madre ni se digna mirarme ni decir nada.

De repente vuelvo a sentirme muy sola en esta familia. Estoy segura, segurísima, de que aquel momento de anoche, de vuelta a casa, aquel risallanto fue de verdad. Ellas continúan su ritual perfectamente sincronizado de preparación del desayuno new age; yo me hago un café con leche y me arrastro hasta el sofá otra vez.

No he querido preguntar por los billetes de vuelta, si ya los tenemos, ni para cuándo. De hecho, confío en la idea mágica de que, si no se lo recuerdo, nadie lo pensará y nos quedaremos aquí para siempre. Pero hay algo que no cuadra: a mi hermana no se le escapa nada. Así que no me sorprendería si en cualquier momento antes de que me acabe el café me dice muévete que perderemos el avión.

Pero resulta que no. Que ellas ya lo han hablado. Anoche, mientras yo dormía la mona en el sofá, en la intimidad que te da compartir cuarto de baño, me comunica mi madre mientras se espolvorea de chía la tostada de pan de trigo sarraceno, decidieron que «os quedaréis unos días más. Hasta el sábado. Anoche compramos los billetes».

No sé cómo sentirme, sinceramente. Por un lado, me alivia saber que no nos vamos hoy. Por el otro, ahora mismo gritaría de rabia porque me hayan excluido de esa conversación y de esa decisión. Porque tengan conversaciones privadas en el cuarto de baño y conmigo no. Porque sigan tratándome como a una menor de edad.

—Remei no está preparada para afrontarlo —decide mi madre.

—Ahora no quiero hablar de esto —añade Remei, con la que vendría a ser la frase más pronunciada de nuestra historia doméstica. En mi familia, la gestión de las emociones parece que se ha dejado para otra vida.

La mañana transcurre, al menos para mí, con ese peso en el pecho que te agarra cuando tienes una decepción. Lo baña todo. Da igual que haga sol en la Toscana, que estemos de vacaciones en familia, da igual que esto sea lo que siempre he querido, que la hierba esté mojada y sea verde, y el aire, puro y limpio. Da igual. A mí me duele la pena, el peso del desengaño.

Hace unos años soñé que vivía una noche loca con el marido de Tere. Loca y bonita. Una noche de amor. Con el compañero de mi mejor (única) amiga. No sé por qué pero lo soñé. A mí Roger no me gustaba (tampoco me desagradaba, es solo que nunca lo había pensado de esta manera, ¡Dios me libre!). Lo soñé en Nochebuena, la víspera del día que tradicionalmente me esperan para comer. Cuando llegué a su casa en Cambrils para comer con ellos dos y su niña, en mi cabeza bailaba toda una historia de amor que yo había vivido con el marido de mi amiga y que los tres desconocían. Ese hombre y yo nos habíamos amado (¡amado!) la noche anterior, estábamos enamorados, habíamos tenido el sexo más apasionado de nuestra vida y ahora estábamos allí sentados, a la misma mesa, como si nada. Todo estaba en mi cabeza; exclusivamente en mi cabeza. Fue incomodísimo. Yo estaba entre avergonzada y dolida por su indiferencia. Para mí habían pasado cosas muy íntimas, muy sentidas, que para él, por descontado, no. Para él (para ellos) aquello simplemente no había existido, solo me había pasado a mí. De la misma manera que anoche, para mí pasaron cosas importantísimas que iban a cambiar nuestra relación futura y para ellas no pasó nada. Nada. Hasta hace unos instantes estaba entusiasmada con ese ablandamiento suyo de anoche y ahora mismo me doy cuenta de que he sido una ilusa por pensar que estas dos, juntas, puedan virar hacia una parte más humana de la existencia. Es tan sencillo como que no lo vivieron igual que yo, pero no puedo entenderlo. Para ellas, la alegría de anoche no tuvo nada de extraordinario y me duele. Un dolor que no sé gestionar más allá de boicotearme lo que queda del día.

Por eso, cuando proponen ir a recoger a Teo a la casa de Roberta y pasar el día a Florencia («Vale la pena, ya que estamos aquí. Solo está a una horita en coche»), me niego.

—¿Cómo? ¿Tenemos que ir precisamente hoy? ¿Con la resaca que tenemos?

Las dos hacen la misma mueca, exacta.

—¿De qué resaca hablas? Te recuerdo que yo no bebí

—dice Remei. Eso me enfurece. De todas formas, yo ya había decidido boicotearme, así que digo que no pienso ir. Intento hacer que se sientan mal diciéndoles que sería mejor ir mañana, ya sabiéndolo, portarnos bien hoy y mañana levantarnos más temprano y mejor, que yo hoy no estoy para ir a dar vueltas por Florencia y que si van hoy yo no voy. Pero el chantaje emocional, mira por dónde, es un idioma que ellas no entienden. Y en cosa de una hora ya están preparadas dentro del coche, estupendas y dispuestas a recuperar a Teo. Estarán de vuelta no saben si a la hora de cenar o habiendo cenado ya.

Así que me quedo sola en la casa con todo el día por delante y un odio absoluto hacia mí misma por ser incapaz de bajarme del burro, con ninguna habilidad para remontar el día y cambiarme el humor. Decido destruirlo todo solo por la idea absurda de que, para ellas, lo que pasó anoche no fue tan importante como para mí. Porque me siento incomprendida y extrañamente vacía de complicidad (vale, y de cariño) con las dos únicas personas que integran mi párvula familia.

Como no soporto mi sola compañía, más tarde decido ir a ver si está Roberta. Pues sí, está y me recibe como si me estuviera esperando, que evidentemente no.

—Iba a hacer un pastel de manzana. ¿Quieres ayudarme? —Tengo la sensación de que se acaba de inventar esta ocupación para distraerme. Aunque vete a saber, tampoco la conozco tanto. En cualquier caso, no sabe cuánto se lo agradezco. De repente es como si alguien (ella) hubiera subido las persianas de la habitación de mi vida. La perspectiva de mi día cambia. Ahora empezaría a salir el sol, si nos pusiéramos metafóricas. Así que empezamos a preparar un pastel de manzana. Yo no tengo maña ni para lavar la fruta, pero eso es otra historia.

—¿Cómo os conocisteis mi madre y tú?

—¿Que cómo? Muy fácil, la vi pasar con el coche cargado hasta arriba, vi que se paraba en la que ahora es su casa y al día siguiente fui a llamar al timbre y a presentarme. —Me da risa, teniendo en cuenta que mi madre es una asocial.

—Muy agresivo para ella, ¿no? ¿No te tiró piedras?

—¡Nooo! ¡Qué dices! Lo agradeció muchísimo. La ayudé a ordenar todo lo que traía y a arreglar un poco la casa. Podría decirse que nos hicimos amigas en el momento en que nos vimos. Es fantástico que tu madre esté viviendo aquí tan cerca de mí. ¡Nos hemos encontrado! Somos muy amigas. Nos queremos mucho.

Me pregunto a qué Erne conoce Roberta. ¿Cómo son las madres cuando no miramos?

—¿Tú qué estudiaste, Roberta? —le digo como quien hace la típica pregunta por sacar algún tema.

—*Io? Niente!*

—¡Mira, *come io*! —Suelto. Eso la hace reírse a carcajadas.

—No…, en casa, en mi familia, teníamos un restaurante. En realidad, era una *osteria* que acabó siendo un restaurante. Allí me pasé la vida. Después lo llevé yo, durante un tiempo con mi primer marido. —Aquí se queda en silencio y pone una cara como queriendo decir en fin—. Creo que a los diez años ya sabía cocinar cualquier cosa. Me gustaba estar en la cocina. Me gusta cocinar para la gente.

—¿Qué pasó con tu primer marido?

—Era un vividor. Un chico del pueblo cuyo único mérito en su vida había sido heredar unos ojos azules preciosos. A veces venía a trabajar y a veces no. Nunca lo sabías. Supongo que consciente de que no lo echaría. Y, además, hacía una cosa que me enfadaba mucho: una vez casados, era encantador con todo el mundo menos conmigo. Era como si reservara para mí todas sus malas maneras. Tuvimos a mi primer hijo, Angelo. Como él. Si no le ponemos su nombre revienta. Decía que los hijos tienen que llamarse como sus padres y las hijas como sus madres, el muy idiota. Quiero pensar que no lo obedecí, que simplemente cedí para que no me diera más la lata. Pasar, pasar, no pasó nada. Una noche, después de haber servido todas las cenas, estábamos en la calle, a las puertas del restaurante, fumándonos un cigarrillo. Pasó una chica joven y guapa, pero vaya, como todas las chicas jóvenes. Y él, consciente de que era guapo, hizo lo que hacía siempre: le guiñó un ojo. Ella le devolvió una sonrisa. Ya está. Fue eso. Siempre lo hacía. Ninguna era una novedad para mí. De hecho, no me sorprendió nada. Pero, de repente, pensé: hasta aquí. Fue algo así como oler huevos podridos, pensé yo no quiero esto. Y le dije: Angelo, hoy ya no duermes en casa. Ya estoy harta. ¡Él creyó que estaba de broma! Pensé: no quiero sentirme así, que toda mujer que pase por la calle tenga más interés para mi marido que yo. ¡Antes prefiero no tener marido! ¡Así no me sentiré fea y gorda! —De repente

Roberta y yo conectamos. Una vez subida la ventana, estaba quitando el polvo de las estanterías de mi vida.

—¡Pero si tú no eres fea! —me apresuro a decir.

—¡Ya lo sé! ¡Qué voy a ser fea! ¿Quieres un café? —Y qué café tan rico me hace. Ahora mismo, querría abrazarla, hundir la cabeza como Remei entre sus pechos inmensos y quedarme a vivir en el confort de su persona—. Después llegó Marco. Era comercial de vinos. Venía al restaurante una vez por semana, y era un hombre bueno y agradable. Separado, como yo; él, con hijos adolescentes. El mío aún era pequeño, tenía cinco años cuando Angelo y yo nos separamos. Nunca me pasó pensión para el niño, por cierto, pero este es otro tema.

—¿Y por qué os casasteis? ¿Os enamorasteis perdidamente o fue más bien una relación de segundas nupcias?

—¿Qué quieres decir?

—Quiero decir que muchos separados no aspiran a volver a casarse enamorados sino más bien a encontrar a alguien con quien hacerse compañía y nada más…, ¿no?

—¿Cuántas veces te has casado tú?

—¿¿Yo?? ¡Ninguna!

—Entonces ¿de dónde lo has sacado? —En lugar de decir que me lo he imaginado, supongo, que en realidad nunca me he enamorado tanto de nadie como para no tener ninguna duda y casarme, imagínate dos veces, me limito a encogerme de hombros y mirarla como si yo no fuera una persona de treinta y cinco años—. No, Marco y yo nos enamoramos muchísimo. Pensaba: ¿qué he estado haciendo yo toda mi juventud con un tío que me hacía sentir tan mal? ¡Cuando el amor era esto, era otra cosa! ¡A Marco siempre tenía ganas de besarlo, de tocarlo, siempre! Nos casamos un año después de que se me declarara, él vino a vivir aquí, por el restaurante. Como era comercial, se marchaba por la mañana a hacer kilómetros, pero siempre me decía: *A la notte, io dormo qui con la mia principessa, sempre, per sempre!* Fuimos felices. Lo éramos.

—¿Y qué pasó? ¡Ay, madre! No me digas que...

—No, no, está vivo. El caso es que yo quise tener otro hijo. Él no tenía ganas porque ya tenía dos, y ya eran mayores y, bueno, de hecho él también era mayor que yo, doce años más. Él no tenía ganas pero yo insistí, y accedió. Y cuando nació Chiara, se notaba que no tenía tantas ganas como yo, pero se le veía bastante ilusionado. Implicado. Trabajaba mucho, también es verdad. En todo caso, sucedió una cosa. Podría ser algo sin importancia para otro, un hecho que podría haber pasado desapercibido, pero a veces ocurre, un simple hecho puntual, un puntito negro en la historia de una relación y uno de los dos no se lo puede quitar de la cabeza. Y no lo supera. Creo que a mí me ocurrió eso. Era un viernes, la niña tenía un añito y estaba enferma. La llevamos al hospital, le hicieron pruebas y nos dijeron que se la quedarían en observación toda la noche. Podíamos quedarnos los dos pero él decidió ir a cenar a Siena con una de sus hijas, la mayor, «aprovechando que tenemos la noche libre», después dormiría en casa y pasaría a buscarnos por la mañana. Supongo que pensó que dormiríamos y al día siguiente le darían el alta a la niña y ya está. Y pasó exactamente eso, a la niña le diagnosticaron un virus que podía tratarse y al día siguiente, antes de que él hubiera llegado, le dieron el alta y lo estuvimos esperando en las escaleras del hospital. Se excusó diciendo que al final la cena se había alargado, que se había acostado tarde y que se había dormido, vaya. Estoy segura de que si aquella noche se hubiera quedado en el hospital con nosotras, quiero decir, si nos hubiera priorizado, todavía estaríamos juntos. Pero él pronunció aquella frase tan desafortunada («tenemos la noche libre») y a mí se me clavó como una flecha. Ya te lo digo, no pasó nada grave, él no lo hizo con mala intención, ni siquiera se dio cuenta de que a mí me sentó mal que fuera a cenar con otra hija y a dormir tranquilamente en casa mientras yo me quedaba con nuestra pequeña enferma en el hospital. Pero él tomó la decisión de ir a la cena y ya está. Si hubiera sabido que a mí me sentaría mal, seguramente no se habría marchado, pero el caso es que para mí, saberlo, saber cómo le iba la cabeza, que él hubiera tomado esa decisión aquella noche se cargó nuestra relación. No digo que yo tenga razón. No creo que aquí haya razones. Solo digo que me afectó de tal manera que nunca más pude mirarlo igual. Y fue muy triste, mucho, Marga. —Aquí me agarra del antebrazo y me mira a los ojos—. Verlo claro, saber cuál era nuestro «Usted está aquí» en su mapa me perturbó. Intenté obviarlo durante meses. ¡No lo dejé al día siguiente, no creas! Pero no podía quitármelo de la cabeza. No podía dejar de percibirlo como el hombre que priorizó ir a cenar a un restaurante con su hija mayor a quedarse en el hospital con nuestra hija pequeña enferma. Y al final le dije: no lo supero. No supero aquello. Quiero separarme. —Vuelve a hacer unos segundos de pausa—. Pero ¿sabes qué te digo? Crie a mis dos hijos sin necesidad de marido alguno, los eduqué en mis valores, y salí adelante. Llega un punto en que la felicidad la encuentras entre la buena comida, la buena bebida y las buenas amistades con conversaciones agradables de vez en cuando. Ahora que tengo a tu madre de vecina y a mis nietos, no echo nada en falta. ¿Y tú? Venga, ahora cuéntame tú tu historia de amor.

—¡Ja! ¡Yo no tengo historia de amor!

—¿Cuántos años tenías? ¿Treinta y cinco, me dijo tu madre? —Asiento con la cabeza—. ¿Y estás diciéndome que en treinta y cinco años no has vivido ninguna historia de amor?

—El único novio serio que tuve me dejó a los dieciséis años. Y no me atrevería a catalogar esa relación precisamente como una historia de amor. —Ella me mira, impasible, con las mejillas tensas y los ojos redondos como queriendo decir no me lo creo, venga, cuenta—. A ver, algún rollito he tenido, ¡por favor, no soy virgen! Pero nada remarcable. Todos unos colgados que no han durado más de cuatro meses y cuatro revolcones. —Ella sigue con la misma cara imperturbable. Dudo un poco, pero qué coño, esta mujer me inspira toda la confianza que no me ha inspirado mi madre en la vida y me veo capaz de pronunciar algo que no me había atrevido a pensar ni para mis adentros—. De acuerdo, si tuviera que hablarte del amor de mi vida te hablaría de Jaume. Aunque ni siquiera nos hemos besado. Es un hombre del pueblo, ahora ya es mayor, cincuenta; es rarito, le hacían bullying, pero yo siempre lo he mirado con otros ojos. No sé por qué. Diría que lo he querido siempre. —Uau. ¿He oído lo que acabo de decir?

—*Ma dio!* ¡¿Y él lo sabe?!

—No, creo que no. Parece muy inocente.

—¿Y qué piensas hacer?

—Cuando pase todo esto de mi hermana creo que iré a verlo al pueblo.

—¿Qué le pasa a tu hermana?

—Quiero decir cuando decida si quiere tener el hijo y dejar o no a Gerard.

—*Ma come mai?* ¿De verdad no quiere tener el niño? ¡Que lo tenga y me lo deje a mí para cuidarlo, si no lo quiere! ¡Los bebés son alegría! ¡Lo son todo! —Me quedo un momento conmocionada por lo que acaba de decir Roberta. Me parece escalofriante y, a la vez, me ha encendido una luz muy íntima. ¡Antes de que se lo quede Roberta, me lo quedo yo, este bebé! ¡Si Remei no lo quiere, yo sí! Me doy cuenta de que por primera vez abandono la neutralidad con la que he enfocado este tema y empiezo a posicionarme: «Remei, si tú no quieres a este niño, nosotras sí», pienso. Incluso podría quedarme a vivir aquí con Roberta y criarlo entre las dos. Es una ida de olla, ¿no? Remei ni siquiera me contestaría con palabras si yo lo verbalizara, pero es que, no sé, a veces una tiene que agarrarse a castillos en el aire, tiene que fabricarse las ilusiones y dibujarse un futuro.

Es raro cómo se forman las familias y por qué. Siempre

había pensado que me juntaría con alguien superalternativo, que no llevaría una vida convencional, que no me casaría y no tendría hijos, y ahora, en cambio, querría quedarme a vivir aquí y cuidar al bebé que mi hermana no quiere, con Roberta y mi madre haciendo de abuelas. Que Roberta y mi madre se hayan hecho amigas me parece toda una revolución. Dos caracteres que antes no se habrían juntado nunca y que, a priori, nunca relacionaría. Aunque hace quince años que son amigas, los mismos que hace que mi madre vive aquí.

Quince años. Es como para morirse. Quince años y no nos había hablado nunca de su amiga. En quince años Remei la ha visto cinco veces y yo dos. Si me dijeran que a todas las personas a las que quiero las veré solo cinco veces más en la vida hasta que me muera, por pura dejadez, me haría cruces. Quince años sin padre. Me entra una especie de urgencia por hacer no sé qué que no sé cómo canalizar. En fin, me abro una cerveza en casa de Roberta para hacer tiempo hasta que vuelvan de Florencia.

Nos hemos pasado el día haciendo comida, comiéndonosla y hablando. Si ahora me llevaran a una conferencia en la que mi madre anunciara ante un público generoso que en realidad soy hija de Roberta me lo creería. Nos parecemos. Se me pasa por la cabeza la idea de que mi padre habría sido más feliz con una mujer como Roberta. Aunque seguro que Roberta lo habría dejado por uno de los mil motivos que él le habría dado para hacerlo.

Cuando llegan en el coche de mi madre, Roberta ya lo ha decidido:

—Hoy Marga se queda a dormir aquí, lleva demasiadas noches durmiendo en el sofá y no descansar bien está afectando a su estado mental. Por cierto, ¿sabíais que Marga y un tal Jaume de cincuenta años llevan toda la vida secretamente enamorados? —En este punto a mí me sale el trago de cerveza por la nariz. Ellas ni se inmutan, como si les hubiera dicho la Tierra es redonda.

El caso es que, contra todo pronóstico, mi madre no refunfuña. Creo que le da igual si no duermo con ellas, que yo no soy como Remei para ella. Cuando nos quedamos solas, Roberta me dice que ya volveré al día siguiente a casa de mi madre, que habiendo dormido las cosas se ven de otra manera y que el disgusto será otro, más *piccolo*, dice.

Lo agradezco porque tiene razón y, además, sirve un gran bufet libre para desayunar. La casa de Roberta es enorme, luminosa y tiene un jardín muy bien cuidado con un rosal precioso que da rosas blancas al lado de otro igual de extraordinario que las da rojas. «Las plantas son el indicador de la propia salud. Si dejo de cuidarlas, es que algo me pasa», dice ella. Las elogio y le cuento que a mí también me encantan y que entiendo un poco, después de tantos años dedicándome a ellas, pero que en casa solo tengo una medio mustia. Por fin duermo en una cama en una habitación solo para mí y alargo la ducha porque en casa de Roberta el agua caliente no se acaba nunca. Roberta es una de esas personas que toman decisiones por ti. Seguro que hay gente a la que le incomoda o no lo consiente, pero yo agradezco que me digan lo mejor para ti es esto o, directamente, elige la opción B, confía en mí. De esta manera solo tengo que decidir en quién confiar, supongo.

REMEI

Al volver pasamos por la casa de Roberta, donde encontramos a Marga. Ahora resulta que quiere quedarse a dormir aquí, como si tuviera doce años. En fin. Deberíamos ser nosotras las que habláramos de lo que hemos hecho en Florencia, qué hemos visto, cómo nos lo hemos pasado…, pero Roberta acapara el espacio y el tiempo en estos sofás (espléndidos, hay que decirlo todo) donde nos encontramos antes de volver a casa. Quizá por eso le cae tan bien a mi madre, no es necesario que ella hable, ya habla Roberta. Reconozco sus buenas intenciones, pero esta mujer es muy cargante. Me imagino que no tolera los silencios, ni siquiera los que tenemos en nuestra casa, sin que ella esté delante. No puede soportar oír todo ese silencio que retumba desde la casa vecina.

—¡Remei, Marga me ha dicho que aún no sabes si quieres al bebé! —Pero ¿a qué viene semejante desfachatez? No sé si será cultural o qué, pero a mí las preguntas tan directas me ponen tensa. Antes de ser yo capaz de encontrar la educación suficiente para contestarle algo, me suelta otra más gorda—: ¡Si no lo quieres, déjalo aquí conmigo! —Y se ríe, con su bocaza muy abierta, como si no hubiera dicho un disparate.

—Sí que lo quiero. Sí lo tendré. Y me lo quedaré.
—Veo que a mi madre se le salen los ojos de las órbitas cuando me mira. Me doy cuenta de que acabo de soltar una exclusiva. Que no había dado ninguna pista y ahora me pregunto si es que he sido víctima de la psicología inversa. Qué rabia me ha dado Roberta queriendo quedarse con mi bebé—. Es mío. Lo quiero. —Lo repito en voz alta, supongo que para afirmarme. Marga me sonríe, parece una sonrisa sincera, bueno, de hecho Marga siempre es sincera y transparente como las personas que no tienen picardía, y se acerca a mí y me abraza. Mi instinto es quedarme rígida pero en el fondo lo agradezco. Le devuelvo el abrazo. Desprende un olor dulce, como a horno y canela.

Cuando nació Teo y yo estaba en pleno posparto, tan pronto pensaba que querría otro hijo en cuanto pudiera como que no pensaba tener ninguno más. Eran pensamientos que se intercalaban. Por un lado, me daba pena que Teo creciera tan rápido y pensar que no volvería a tener a un bebé mío en brazos. Por el otro, de repente tenía clarísimo que por ese túnel solitario no quería volver a transitar. Pero, a medida que Teo fue haciéndose mayor, fui olvidándome de ambos sentimientos: del ansia de volver a tener un bebé y del terror de volver a pasar un posparto. En cualquier caso, nos propusimos buscar un segundo hijo cuando Teo tenía tres años. Y no llegó y no pasó nada. Decidimos no liarnos en tratamientos de reproducción asistida, y si pasaba, pasaba, pero al final lo olvidamos. Gerard y yo seguíamos (seguimos, supongo) sin usar protección, pero ya nos hicimos a la idea de que no podía quedarme embarazada (aunque ahora se ha puesto de manifiesto que era él quien no podía dejarme embarazada) y eso me relajó. Un dilema menos. La naturaleza había decidido por mí. Y me parecía bien. Con Teo más mayorcito, la diferencia entre las tareas que Gerard asume y aquellas de las que yo me encargo ha ido menguando, aunque siempre soy yo la que habla con las profesoras, la que está en el grupo de WhatsApp de padres, la que compra la ropa cuando se le queda pequeña y la que sabe cuándo tiene la próxima visita al pediatra. Tener otro hijo supondría volver a la casilla de salida: cero autonomía, cero vida privada, cero vida profesional, cero vida social…, mirar cómo transcurre la vida de los demás desde la ventana de la maternidad, incluido mi marido, que la vive jovialmente mientras yo, con cuarenta y dos años (de hecho tendré cuarenta y tres cuando nazca) volveré a vivir con los pechos al aire, el suelo pélvico triturado, el cerebro reseco y la menopausia esperándome a la vuelta de la esquina.

Pero el caso que me ocupa es algo diferente. El niño no es suyo. Es de João, y Gerard tiene que saberlo: todo tiene unas consecuencias y ahora quiero llevarlas hasta el final. Él se ha columpiado, claro que quería tener «la parejita», ¡para el precio que paga él! Pues ahora pagará otro: si quiere otro hijo, tendrá que aceptar que lo ha hecho tan mal que yo me he liado con un residente brasileño, y cada vez que mire al niño le recordará que las cosas no se hacen así. Y si no quiere pagar este precio, me da completamente igual: lo tendré yo sola, cambiaré de vida, no le tengo miedo a nada. No puede ser peor que estar medio muerta por dentro como estoy ahora, con alguien al lado que ni siquiera se da cuenta de ello. No quiero pasarme la vida como mi madre, cumpliendo su deber y ya está. Cuando Roberta ha insinuado que si no quiero al niño se lo dé a ella me he sulfurado. ¿Qué se ha creído? Este niño es consecuencia de un punto y aparte, de un hasta aquí hemos llegado; de dejarme llevar y de pifiarla, y de saber ver la oportunidad en esa pifia. Este embarazo es un regalo, una ocasión para dar un vuelco, para vivir diferente, para querer como se quiere a un niño, sin rencor y, sobre todo, sin esperar nada del otro.

ERNE

Son las nueve de la mañana. Suena el teléfono, es Roberta, como casi cada vez que suena el teléfono. Marga y ella están desayunando. Me propone que cojamos su coche y vayamos los cinco a visitar algunos pueblos de la Toscana. No tenemos ningún plan mejor, de hecho no tenemos ningún plan y Marga ayer parecía enfadada no sé por qué, esta vez. Esta niña… ¡va a volverme loca! Así que ya nos irá bien pasar el día con Roberta. Además la Toscana es una maravilla. Prados bañados por un sol empalidecido por la neblina de la mañana, caminos entre cipreses y pueblos de piedra. Pasan a recogernos y en el coche suena un CD que Roberta se grabó a su gusto y nos da explicaciones del porqué de cada canción. Con ella no tienes que preocuparte por si no encuentras tema de conversación. Es de agradecer. Mientras suena una canción llamada «Sfiorivano le viole», nos cuenta que un tal Rino Gaetano murió con treinta años, después de sufrir un accidente de coche y que le negaran la asistencia en cinco hospitales consecutivos porque no había una cama libre en ninguno que tuviera una sección de traumatología craneal.

Paramos en San Donato y nos tomamos un café. Después vamos hasta Santa Lucia a tomar un aperitivo y acabamos comiendo en Poggibonsi. Me fui a vivir al campo pero también me imagino viviendo en cualquiera de estas casitas de piedra y moviéndome en bici entre pueblo y pueblo. Durante el trayecto no hablo porque pienso. Tengo una sensación extraña. Una sensación que he experimentado pocas veces. Creo que siento alivio. Ahora que mis hijas saben cómo fue todo exactamente y que ya no tengo que preocuparme por si lo descubren, estoy como relajada. Supongo que temía su reacción y, como no ha sido mala, ya está. ¡Tendría que habérselo dicho de pequeñas! Pero ahora estoy bien… Es como si debiera dinero y me hubieran condonado la deuda. Ahora, a buenas horas, no entiendo qué hice tantos años llevando una vida que no quería. Por qué no fui valiente antes. Bueno, sí que lo entiendo, en mi cabeza todo tiene un sentido, pero la vida pasa volando, y ahora ya soy mayor, vieja casi, y nadie me devolverá los años de abnegación. En cualquier caso, este estado, la ausencia de angustia, se acerca a la felicidad. Es algo diferente de la sertralina, algo real.

Por la tarde nos paramos a tomar otro café en San Gimignano, ya de vuelta a casa. Roberta le da un euro a Teo para que se suba a un caballito mecánico de los que ya no quedan en casi ninguna entrada de ningún bar, y saca una vez más, abiertamente, el tema.

—Así, Remei, ¿te separarás? —Ahí va, golpe raso y patada en el vientre, pienso yo. Remei vacila, parece que sabe que debe arrancar a hablar pero en realidad no sabe qué contestar. Al final dice:

—Supongo…, pero estas cosas hay que pensarlas mucho.

—Bueno, eso estás haciendo estos días aquí, ¿no? Pensarlo. Es el lugar propicio, lejos de casa, para tomar este tipo de decisiones. ¡Yo me he separado *due volte*! Si quieres algún consejo… —Y se ríe. Solo Marga le ve la gracia.

—Lo dejaré a su juicio.

A Roberta y a Marga se les escapa la misma carcajada, que ni Remei ni yo entendemos. Lo que dice mi hija me parece de lo más razonable.

—Le diré: «Mira, Gerard, hice un disparate, me lie un día con un chico, un estudiante…».

—¡Ah! ¡Así que con un estudiante! —salta Marga, que se notaba que hacía días que se moría de curiosidad por saber de quién era el niño. A mí me lo contó la otra noche en el cuarto de baño.

—«… me lie un día con un chico que estaba haciendo el rotatorio, y me quedé embarazada. Lo siento. Sé que es un drama. El caso es que pienso tenerlo». Y a partir de ahí, gestionar su reacción.

—¿Qué crees que dirá? —pregunta Roberta.

—No lo sé. No le hará ninguna gracia, eso seguro. Puede reaccionar de muchas maneras, primero con cabreo, o con negación incluso. Quizá después reflexiona y decide aceptar la situación. No lo sé. En cualquier caso, debo estar dispuesta a aceptar lo que quiera hacer.

—*Ma, aspetta!* —dice Roberta poniéndole la mano sobre el antebrazo—. Eso quiere decir que si él dijera que «vale, no pasa nada, tengamos a este niño», tú querrías seguir con él, ¿no? ¿Es eso lo que estás diciendo? —Yo no había caído en ello. Pensaba que ya había tomado una decisión y que eso era lo único que contaba, saber resolver la situación más que tomar la decisión que te apetece. Remei también parece descolocada y al final dice:

—*Non voglio più parlarne*, ¿lo he dicho bien? —Y suelta una risa falsa.

De vuelta a casa, Roberta nos pone, con el volumen demasiado alto para mi gusto, una canción que lleva su nombre y nos cuenta que ella se llama así por esta canción de Peppino di Capri, que salió el mismo año que nació y a su madre le encantaba. Después también cuenta a mis hijas que no está jubilada pero como si lo estuviera, porque traspasó el negocio y cobró un montón de dinero. Que ahora va un día a la semana a cocinar cuatro ollas y a charlar, por diversión. Que con lo que cobra en negro por hacerlo le basta para pagar la compra del mes. Que vive muy bien y muy a gusto. Nunca había conocido a nadie tan feliz. Es inquietante.

—La vida es como una receta. Tienes que ir haciéndotela a tu gusto, chiquilla —no la mira pero lo dice dirigiéndose a Remei, que en ningún momento le ha pedido su opinión—, rectificándola, mejorándola, volviendo a probar, hasta que tengas el mejor resultado posible —sentencia.

MARGA

Empezamos a preparar las maletas porque mañana nos vamos e intentamos convencer a mi madre de que se compre un billete y venga con nosotras, que se quede unos días en mi casa, o en un hotel. Pero no quiere. Me sorprende observar que me da una pena sincera que no quiera. Cuando las tenemos preparadas mi madre nos llama desde el porche. Es la hora de la cerveza, así que voy a la nevera y les pregunto si quieren una con la esperanza de que no me dejen beber sola. Mi madre me dice que le ponga una copa de vino blanco de la botella que está empezada. Remei quiere agua con gas y una rodaja de limón. Saco también unos cacahuetes con cáscara que mi madre tiene en la cocina. Teo está dentro jugando con un juego que le compró Remei en Florencia. El sol está a punto de ponerse y hace fresco, pero con el abrigo puesto se está bien. Parecemos una familia normal.

—Me he equivocado mucho con vosotras —dice mi madre, para nuestra sorpresa.

—Desarrolla —dice Remei.

—Nunca se deja de ser madre y parece que yo quise dejar de serlo cuando os vi encaminadas.

—¡Ya ves tú, es exactamente eso! —salto yo.

—Supongo que tenías tus motivos. Bueno, ahora ya sé que los tenías y cuáles eran. No te preocupes. —Remei siempre tan diplomática.

—Sí, pero vosotras no teníais ninguna culpa y me necesitabais.

—Yo sí —me atrevo a decir—, pero no solo después de morir papá; también los años en que no hablaste y, en definitiva, siempre. Siempre he tenido envidia de las demás niñas cuyas madres hablaban o no eran tan raras.

—Ya lo sé. —Eso lo dice con la lengua del silencio—. Pero ahora estoy mejor. Me he dado cuenta de que no solo necesitaba estar donde estoy llevando mi vida, sino que necesitaba contároslo. No lo sabía, y no pensaba hacerlo, pero necesitaba contároslo. Y pediros disculpas. —Esto sí lo dice en voz alta. Remei y yo nos quedamos inmóviles, como si estuviéramos viendo una especie animal nueva, o una ley de la física actuando de un modo diferente.

—Gracias, mamá. No te preocupes —dice mi hermana. Yo decido abrazarla. Mi madre es huesuda y rígida, y me da golpecitos en la espalda como suele hacer quien no sabe abrazar.

—¿Tú lo tienes claro, Remei? —Ahora se dirige a mi hermana, que asiente con la cabeza.

—Me da igual cómo acabe, estoy preparada para cualquier respuesta. Si quiere dejarlo me separaré y, si no, a ver cómo va todo con el niño, está claro que tendrán que cambiar muchas cosas.

—Pues yo estoy enamorada de Jaume. —Tardan unos

segundos en borrar el estupor de la cara y sonreír. Supongo que, al fin y al cabo, es lo menos grave que se ha dicho durante las vacaciones.

—Ya lo sabíamos —dice Remei con aires de hermana mayor sabelotodo.

Estos días en familia han sido raritos y lo mejor que me ha pasado en años. Una catarsis. Estando juntas no podía pasarnos nada. Ha sido solo una sensación, pero es suficiente. Nos hemos reído, a nuestra manera nos hemos querido y ahora a mí me gustaría que no nos separáramos más, o, por lo menos, no tanto. Evidentemente que no me atrevo a expresarlo. Ellas dos son durísimas, rediós, son como dos postes. Pero hoy antes de acostarnos, me parece haber entendido, con la lengua del silencio, que nos tenemos, que todavía nos tenemos.

MARGA

Mi madre, ahora ya únicamente centrada en el objetivo principal del viaje (que Remei solucione el problema, lisa y llanamente, da igual cómo), nos lleva al aeropuerto, nos da dos besitos a cada uno y nos dice flojito a Remei y a mí para que no lo oiga Teo: «Ya sabéis lo que tenéis que hacer», como si hubiéramos acordado algún plan, aunque en realidad no. Y entonces, sin siquiera mirarnos a la cara, mientras se abrocha el abrigo, suelta una frase como quien no quiere la cosa; no entiendo bien el principio pero acaba con «como si viviéramos cuatro vidas». A la llegada nos espera Gerard, que hoy sale de guardia y ha podido venir a recogernos al aeropuerto. Ahí lo tenéis, plantificado, sonriendo, desprendiendo toda la seguridad que te da tener un piso en propiedad, unas oposiciones aprobadas, un matrimonio bien avenido, un grupito de amigos, un restaurante al que ir cada viernes a comer algo, etcétera, con los brazos abiertos dispuesto a recibir con un cálido abrazo a su hijo y a su mujer, que está a punto de decirle que lleva a un bebé medio brasileño en la barriga, pero de momento todo es alegría y normalidad. A mí también me abraza porque a Gerard siempre le he caído bien.

Al llegar a casa vuelvo a encontrarme ante un espejo, ahora el de mi cuarto de baño, con el rímel corrido porque he llorado un poco al cerrar la puerta, con el moño despeinado de haber dormido en el avión; me miro y me veo las mejillas flácidas, el rictus marcado, me veo mayor y extraña, por no decir fea. Y ahora no siento pena solo por Remei y Gerard y lo que está a punto de pasarles, sino que también la siento por mí. Porque estoy sola en este piso impersonal que también me parece feo y que me cuesta casi todo el dinero que gano desde hace demasiados años, y nadie verá que llevo el rímel esparcido por la cara, que es una imagen muy triste, y a nadie le importará.

Llaman al timbre. Es la vecina de abajo. La he visto varias veces. Me produce una angustia insoportable. Tiene una edad indeterminada entre cincuenta y sesenta y ocho años. Es muy delgada. Tiene el pelo negro y reseco, en una melena demasiado larga que pide mascarilla.

Es una mujer gris oscuro. Ha tenido el mal gusto de subir en pantalón de pijama. «¿Puedes bajar un segundo a ver el desastre que han hecho tus goteras en mi casa?». La mujer ha venido a quejarse. Ojalá fuera un poco más como mi madre, que nada más verla habría vuelto a cerrar la puerta sin decir ni pío y después habría desactivado el timbre y llamado a la policía. Bajamos un piso, entramos en su casa y allí lo entiendo. Su piso es mucho más lastimoso que el mío. No deben de haberlo reformado en ochenta años. Me dice:

—¿Tú harías fotos?

—Mujer, hágalas usted.

—Yo tengo un móvil de mierda.

Me lo muestra. Efectivamente, es un móvil del año 1995.

Ya en la cama, horas después, no puedo quitármelo de la cabeza. «Yo tengo un móvil de mierda», dice. No es que tenga un móvil de mierda, señora, es que tiene un piso de mierda y tiene una vida de mierda. Y de repente lo veo clarísimo: es una señal. Es el futuro. Si el tiempo existe, la vecina está mostrándome la línea. No puedo quedarme aquí, haciéndome mayor así, sola, en un piso mierdoso, con una vida insípida, sin ningún proyecto. Tengo que hacer un cambio. No puedo acabar como Mari Cruz.

Tardo en dormirme. Sueño con Gerard, que aparece escondido dentro de uno de los armarios asquerosos de Mari Cruz, llorando y mirándome con sus ojos de capibara y me dice «todo es culpa tuya y de tu padre», y en este punto me despierto sudada. En ese momento no puedo evitar pensar en Remei, en cómo se sentirá ella ahora, si también está mirando el techo como un lémur, como yo. Vuelvo a quedarme dormida recitando mentalmente, a veces lo hago, no sé, repetir un mantra para dormirme, las frases «como si viviéramos cuatro vidas», «todo es culpa tuya y de tu padre», «como si viviéramos cuatro vidas», «todo es culpa tuya y de tu padre». Mañana mismo iré a Arnes. Y pienso decirle a Jaume que hace muchos años que lo quiero.

REMEI

Cuando llegamos a casa, Gerard está contentísimo de que hayamos vuelto. Dice que nos ha echado mucho de menos. Al niño le da muchos besos, a mí no tantos porque sabe que no soy como él, pero me guiña un ojo buscando complicidad. Le devuelvo una sonrisa falsa impecable que me aleja de toda sospecha de lo que tengo que contarle.

Mientras él lleva a Teo a la cama y yo me ducho por fin en mi casa, ensayo mentalmente cómo se lo voy a decir. Bajo el agua pienso que me dará pena tener que dejar mi piso, mi cama, mi ducha, si se da el caso. Me siento entre culpable y avergonzada, pero no me lo puedo permitir, así que intento darle la vuelta, responsabilizarlo en parte de lo que ha pasado. Ya lo sé, no se sostiene por ninguna parte.

No puedo empezar el discurso diciendo que estoy embarazada, claro. De entrada se alegrará.

—¿En qué piensas, tan seria? ¿No ha ido bien el viaje? ¿No se encuentra mejor tu madre?

—Gerard, mi madre se encontraba bien. Te mentí. —No me dice nada. Pone cara de descolocado. Ni siquiera la pone de sorprendido o enfadado, solo de descolocado, como queriendo decir y por qué tendrías que mentirme—. Fuimos porque tenía un dilema y quería hablarlo con ellas.

—¿Qué dilema tenías, amor, que no podías hablar de él conmigo? ¡Ay, madre, no me asustes que es algo de salud! ¡Tienes algo que no sabes cómo decirme!

—No, no. Bueno, en parte sí. —Gerard espera a que siga—. Me lie con otro. —Noto cómo se descompone. Nunca había oído pronunciar esta frase. Nunca nadie le había puesto los cuernos. Se le caen los hombros, se pone triste, muy serio, y dice:

—Vaya.

—Lo siento.

—¿Cuánto hace?

—Un mes.

—¿Y por qué me lo dices ahora?

—Porque me quedé embarazada.

Bum.

—¿Qué?

—Que estoy embarazada por culpa de un polvo tonto que eché con un estudiante que ya no está, tranquilo.

—Qué me estás diciendo, Remei.

—Lo siento, Gerard, fue una cagada. —Estoy esperando a que en algún momento Gerard explote, pero no

184

acaba de hacerlo. Lo veo triste, desubicado, pero nada más.

—Vuelve a repetírmelo. —Repito con el mismo tono exacto que estoy embarazada por culpa de un polvo tonto que eché con un estudiante que ya no está, tranquilo—. Así que ¿estás embarazada?

—Sí. De seis semanas.

—Uau. ¿Enhorabuena...? Supongo.

Entonces se echa a llorar y me siento la peor persona del mundo. No me atrevo a abrazarlo. Tampoco sé si quiero hacerlo. Ni si él quiere que lo haga. No sé qué me pasa pero cuando lo veo llorar me entra una angustia terrible, me parece muy infantil. Sería capaz de ser muy dura. Claro que él no se medica, y yo ya no sé llorar.

—¿Por qué, Remei? —dice entre sollozos—. ¿Por qué lo hiciste?

—Porque me aburría, Gerard.

Levanta la cabeza para mirarme, boquiabierto.

—Me aburro inmensamente en nuestro matrimonio. Y no sé cuánto tiempo hace que me aburro, pero diría que desde siempre. Necesitaba que me pasara algo, emociones fuertes.

—Y tan fuertes, ¿no?

—Fue una cagada hacerlo sin condón, soy muy consciente de ello. Me hago responsable y te pido disculpas.

—¡Ja! ¡Disculpas, dice! ¿Qué quieres hacer?

—¿No piensas preguntarme quién es?

—Creo que no quiero saberlo. ¿Es importante?

—No.

—¿Lo conozco?

—Hacía un rotatorio con nosotros, sí.

—Ah, el puto brasileño, ¿no? Joder, Remei.

Me callo y miro al suelo. No sé dónde meterme.

—Al menos era guapo y listo. Buenos genes. —Lo dice como resignado—. ¿Qué quieres hacer?

—Lo he pensado mucho, Gerard.

—No lo dudo. Ya te conozco. Dime.

—Quiero tenerlo. —Asiente con la cabeza y la mirada perdida.

—¿Y conmigo? ¿Qué quieres hacer conmigo?

—¿Y tú?

—¿Qué se supone que debo hacer yo? —Se seca las lágrimas con una mano.

—Lo que quieras.

—Ah, ¿me dejas a mí la decisión? No me cabrees, Remei, tía. Es tan propio de ti…

Me encojo de hombros y miro al suelo y ahora mismo me da la sensación de que tengo siete u ocho años. No estoy orgullosa. Realmente no sé qué hacer con Gerard. Lo quiero pero estoy aburrida. No me siento importante, ni deseada, y creo que en el fondo quiero a este bebé para respirar aires nuevos.

—¿Puedo pensármelo?

—Claro.

—Me voy a dormir a la otra habitación, ¿vale?

—Vale.

El día siguiente es domingo y no tenemos que madrugar, pero a las siete ya estoy en la cocina delante de una taza de leche desnatada, con ganas de echarle café y temiendo beberlo por el embarazo. Me he pasado media noche en blanco, pensando. Me he repetido la frase que me dije ayer: quiero a este bebé para respirar aires nuevos. Quizá lo que quiero es cambiar de vida, como mi madre, ¿es que no me doy cuenta? A veces nos vemos tan atados de pies y manos con la mierda de la estabilidad (una plaza fija, un piso en propiedad, un niño que va a la escuela y luego a actividades extraescolares, un montón de gastos fijos, un grupito al que disgustar con un divorcio, un restaurante donde saben cómo me llamo...) que salir de ese paraíso autoimpuesto da pavor. Pero yo no quiero volver al hospital el lunes a ver a pacientes a contrarreloj, salir estresada, angustiada por si me cargo a alguno de ellos con una medicación contraindicada que desconozco porque con veinte minutos por visita no tengo tiempo ni de leerme los informes antes de atenderlos, ir de culo el resto del día, correr para no llegar siempre tarde a recoger a Teo, para no perder el bus, el metro, el semáforo en verde en el paso de peatones, encontrarme con mi marido para cenar y que me cuente nada estresado los casos tan interesantes que ha visto hoy y que me pregunte qué haría yo en cada caso y cómo está avanzando su tesis y que mientras hablo yo mire el móvil de reojo. A veces dudo de si habitamos el mismo mundo, la misma ciudad, el mismo piso y el mismo matrimonio. Y no me explico cómo ha podido pasarme eso a mí. Por qué soy yo la que se ve superada si los dos somos padres del mismo niño y trabajamos de lo mismo en el mismo hospital.

Hacia las ocho aparece Gerard en la cocina. Me da un beso en la frente y me mira con ternura. Me coge una mano y me dice:

—Me costó mucho dormirme. Le he dado muchas vueltas esta noche y..., ¿quién lo sabe? ¿Tu madre y tu hermana? —Asiento con la cabeza—. Mira, he estado pensando y, ¿crees que nos guardarían el secreto?

—¿Qué secreto?

—Que no es mío.

—¿Qué me estás diciendo?

—Que podríamos tenerlo, no decir que no es mío y superar este bache. Tú quieres tenerlo, yo quería otro hijo, y ahora estás embarazada. Fue un desliz, ¿qué importa si los genes no son míos? Seré su padre. —Dudo un poco. No me esperaba para nada esta reacción de Gerard. Realmente debe de quererme mucho.

—Me conmueve que digas eso, Gerard, pero creo que las cosas no funcionan así.

—¿Qué? ¿Y por qué? ¿Cómo funcionan?

—No pienso mentirle y que se haga mayor creyendo que su historia de vida es diferente de lo que ha sido en realidad. —No pienso hacerle lo que me hicieron a mí.

—Vale, que no es hijo biológico mío debe saberlo por cuestiones médicas. ¡Pero entonces podemos decirle que es de donante y ya está! ¡Nunca sabrá cómo fue la cosa en realidad!

No soy capaz de decir nada. Ahora mismo me callaría

durante años como mi madre para no tener que dar explicaciones. El caso es que estoy a punto de dejarme convencer pero en el fondo algo me detiene, tengo la sensación de estar yendo hacia donde no quiero ir.

Levanto la mirada y veo a Gerard sonriendo, incluso ilusionado con la idea de un hijo que su mujer ha engendrado poniéndole los cuernos. Es tan lamentable que cualquier otra lo abrazaría.

—¡Venga!, ¡digámosle que es de donante! Hoy en día la mitad de los niños lo son, bien de óvulo, bien de esperma, la gente se pone a buscar hijos de mayor y ya no puede tenerlos, es de lo más normal. Le decimos que es de donante, que no es biológicamente mío, y ya está. ¿Dónde está el problema? ¡Además, seguro que mi semen ya no funciona! Si estuvimos años intentándolo y no lo conseguimos, y ahora a la primera te quedas de un chico de ¿veinticuántos? ¿Veinticinco?

—Veintiséis.

—Pues ya está. Es de donante. ¿Sí?

—Pero es que João no era un donante. A João me lo follé en el cuarto de la limpieza una noche de guardia.

—¡Tía, cómo puedes tener la moral tan imperturbable para según qué cosas, porque para engañarme no tuviste tantos escrúpulos! Ese crío no volverá a Cataluña. No volverás a saber nada de él. Viviremos tranquilos y felices y Teo tendrá un hermano. Relájate un poco y vive la vida, Remei, que son dos días.

—Creo que debemos separarnos, Gerard. —Se queda blanco. No me puedo creer que lo haya pronunciado en voz alta—. Yo también he estado pensando. No me gusta mi vida, nuestra vida. Porque no sé de qué tranquilidad me hablas, yo vivo estresadísima.

—Ah, y si nos separamos y tienes a este hijo, ¿crees que vivirás más tranquila?

—Puede que me vaya de la ciudad. —Eso acabo de decidirlo—. Y sí, la idea es vivir lejos de esta vida.

—No, si al final acabaréis todas locas como tu madre.

—A mi madre no la metas en esto. Ella quería que abortara y que no te dijera nada. Deberías estarle agradecido. —A mi madre solo puedo criticarla yo.

MARGA

Por fin es el día siguiente y me levanto decidida a hacerle caso a mi madre el día que la oí ejercer de predicadora. Lo de abrir la puerta de nuestra jaula y salir a hacer lo que nos apetezca. Debo tomar decisiones. Y la primera es ir a Arnes esta misma mañana. A ver qué siento. Cómo me encuentro después de tanto tiempo, después de saber lo que sé ahora. E iré a ver a Jaume porque, qué coño, quiero verlo y ¿qué soy? ¿Una niña? ¡No! Soy una mujer adulta y por eso puedo hacerlo.

Lo más sensato sería coger un bus que sale a las diez y diez de la mañana, el trayecto dura cuatro horas y vale veinticuatro euros. Pero como nada de esto termina de convencerme, decido pasar por BlaBlaCar, no sea que alguien vaya directamente a Arnes y me ahorre hora y media de camino y diez euritos. Y a Arnes no, pero sí encuentro a un comercial que va a Zaragoza pero antes pasará por Calaceite y Alcañiz.

Subir al coche de un desconocido y pasar en él dos horas y media es algo que ni mi madre ni mi hermana harían bajo ningún concepto. Yo, en cambio, camino más por los márgenes de la vida. Llego al lugar donde me ha citado un tal Alfredo (calle Pau Claris con Provença) con una mochilita porque en principio voy a comer en el pueblo y vuelvo por la tarde, pero nunca se sabe. Al final resulta que Alfredo, de unos cuarenta años, es aragonés y va a Zaragoza; repeinado y con camisa de color salmón, ha conseguido reunir a otro pasajero para abaratar aún más el trayecto. Abaratarlo para él, claro, porque a mí no me rebaja ni un céntimo de los catorce euros pactados. El otro inquilino se llama Ramón María, estudia en ESADE, tiene unos veinticinco años y deja claro varias veces que nunca coge Bla-BlaCar, que siempre va en su coche pero que «justo esta semana ¡va y se me rompe!». Me siento voluntariamente detrás y confío en que no verán inconveniente en que me ponga los auriculares con mi música indie mientras ellos hablan de motores y de «tías buenas».

Cuando recupero la consciencia vamos por Falset. Escribo a Jaume para preguntarle si le va bien venir a recogerme en coche a Calaceite. En ese momento me doy cuenta de que me la juego porque la verdad es que no tengo plan B. De que necesito que venga, vaya. De que debería haberlo avisado ayer, de que estoy asumiendo que su vida debe de ser tan poco interesante que podrá venir por mí. Por suerte lo es y me contesta enseguida y me dice que en cincuenta minutos me espera allí como un pasmarote; me hace sonreír. Aprovecho para dejar caer:

—¿Dónde vamos a parar, en Calaceite? Es que vendrá por mí Mi Novio y necesito indicárselo. —Lo remarco, que les quede claro que una tía como yo puede tener a alguien que la quiera, aunque me lo esté inventando. Me doy cuenta ahora de que vuelvo a jugármela porque no tengo ni puñetera idea de qué pinta tiene Jaume hoy en día. (Evidentemente que lo he buscado en las redes. Evidentemente que no utiliza ninguna).

Paramos en una gasolinera a la entrada del pueblo. Le pregunto a Jaume que cómo lo reconoceré, en qué coche va. Resulta que va en moto. Mierda. Hará veinte años que no voy en moto, y era el escúter de Tere. Cuando llegamos hay varios coches y por suerte solo una moto que a mí me parece enorme y terriblemente peligrosa. Voy hacia el motorista, que tiene el casco puesto, tan lentamente como puedo para que Alfredo el comercial y su amigo de ESADE tengan tiempo de arrancar y no vean el reencuentro. Pero los muy cerdos están a punto de sacar las palomitas, esperando el final de la escena. Me giro a mitad de camino y les digo adiós con la mano. Entonces ponen el motor en marcha pero siguen parados. Así que voy hacia el motorista, que está de pie, apoyado en la moto, y lo abrazo directamente, intento hacerlo con sentimiento, que se note que somos novios. Todo pasa muy rápido. El motorista aún no ha tenido tiempo de reaccionar cuando levanto la mirada, con la cabeza apoyada en su deltoides, y veo a Jaume saliendo de la tienda de la gasolinera charlando con otra motorista que, con el casco en la mano, nos mira con cara de no entender nada. Lo reconozco porque resulta que conozco su cara desde el día en que nací, ¡cómo no iba a reconocerla! ¡Si es él con unos años más y ya está! En algún momento del que no he sido consciente he soltado al motorista y de repente tenemos ante nosotros a su novia real diciéndonos:

—Bueno, ¿qué? ¿¿Entro a pagar y te abrazas a otra??

—Y él, rápidamente:

—Te juro que no la conozco de nada, a esta loca. Ha venido y se me ha agarrado como una garrapata.

—Tía, ¿a ti qué te pasa? —Eso, la novia. Yo estoy roja como un pimiento. Sudo. En este instante se oye la bocina de un coche. Había conseguido olvidarme de los dos anormales con los que he compartido trayecto. Me giro y los veo arrancar, partiéndose de risa. Vuelvo a mirar a Jaume, que sonríe contemplando la escena y voy hacia él. Me abraza, ahora sí, como queriendo decir ya está, estás en casa, o eso creo yo, que no sé de dónde lo saco.

Jaume me invita a comer en su casa. La casa es un desbarajuste porque está de obras. Ya me lo había dicho.

—Estaba haciendo caldo. Haremos cocido, ¿te va bien?

—¡Me va fenomenal! No sé cuánto hace que no como cocido casero. —No exagero si digo que estoy incluso un poco emocionada. Ya me he olvidado del mal trago del viaje y del abrazo al motorista desconocido.

—Me gusta prepararlo como lo hacía mi madre, porque creo que si ahora empiezo a comprar el caldo en esos tetrabriks que venden, o las tortillas de patata envasadas, o esos táperes de comida preparada, ¿sabes qué quiero decir? —¡Que si lo sé, dice! Llevo quince años alimentándome de esas mierdas—, las recetas que han ido perviviendo de generación en generación se perderían conmigo, y me daría vergüenza que eso ocurriera. —Acabo de darme cuenta de que no lo había visto nunca así y ahora yo también estoy avergonzada porque a mí no me quedan bien ni los macarrones con tomate—. Imagínate una receta que pasa de mi tatarabuela a mi bisabuela, a mi abuela, a mi madre y conmigo se acaba porque el tío huevón no quiso aprender a cocinarla. ¡Qué vergüenza! Debemos salvar las recetas, ¿no te parece?

—Tienes toda la razón. Pero ¿y si no tienes hijos a los que pasárselas? —En ese momento lo recuerdo—. ¡Ah!, ahora tienes una hijastra, ¿no?

—Uy, sí, pero no está por la labor. Ni de cocinar ni de hacerme caso, pero qué le vamos a hacer, paciencia.

No sabría decir si Jaume ha envejecido bien o mal. Tampoco es que sea viejo, qué va, ¡tiene cincuenta años! Pero sí le han salido canas que van de gris oscuro a gris claro a blanco. Conserva la misma mirada, ahora un poco más caída. A mí no es que me importe, más bien me sorprende la barriga que ha llegado a echar, teniendo en cuenta que lo recordaba flaco como una caña de pescar.

No parece que se haya cuidado mucho. No hablo de beber ni de fumar (esta diría que he sido yo), quiero decir que tengo la impresión de que no se mira en el espejo. Es como si le diera igual gustar, con lo poco igual que me da a mí. Bien pensado, no parece que le haya importado nunca, o si en algún momento le importó, está claro que claudicó de muy jovencito.

—¿Y cuántos días te quedas? —Por fin esta pregunta, pienso.

—La verdad es que pensaba quedarme a comer y marcharme por la tarde. No quería molestar. —Como acto reflejo, a él se le va la mirada hacia mi mochila y, como es tan educado, solo ha medio sonreído y me ha dicho:

—¡Sí, mujer! ¡A ti lo que te pasa es que no quieres remangarte y ayudarme con las reformas, bandida! —Sonrío como una pava y no digo nada—. Quédate unos días, me dijiste que tienes vacaciones, ¿no?

—Sí, aún me quedan unos días.

—¡Pues no se hable más! Tengo todas las demás habitaciones patas arriba pero tú duerme en mi cama y yo dormiré en el sofá.

—¡Ni hablar! ¡Yo duermo en el sofá! Seguro que tú ya tienes dolores de espalda.

—¿Qué insinúas? —Se ríe—. No, no, jamás en la vida haría dormir a un invitado en el sofá. Yo duermo en el sofá.

—Ya lo hablaremos por la noche. —Y así zanjo la conversación. La escudella está buenísima. Él se da cuenta de que acabo de transportarme veinte años atrás, justo antes de que mi madre abandonara la cocina tradicional catalana. A mí me queda aún medio plato de sopa y Jaume ya va por la albóndiga, que se ha dejado para el final.

—Soy demasiado tragón. Es que me gusta mucho comer.

—Yo soy muy golosa también.

Estoy extrañamente tranquila, mucho más relajada ahora que los dos sabemos que tenemos un número indeterminado de días por delante. Imagino que hablaremos mucho, que nos pondremos al día, que nos contaremos la vida desde que nos perdimos el rastro.

Pero, en lugar de eso, nos pasamos la tarde picando pared y recogiendo escombros. Para ser sincera, no esperaba que fuera literal la oferta de Jaume, pero lo era. Ya me va bien, así hago ejercicio. Escuchamos canciones de una lista suya de Spotify basada en Fleetwood Mac, que tiene poco que ver con la música que escuchaba Jaume de joven. Me dice que casi ya no escucha a Joy Division «y todo aquello», que esa época ha quedado atrás. Yo, en cambio, sigo escuchando la misma música que cuando tenía dieciocho años.

—No sabía que te gustaban Fleetwood Mac.

—Le gustan a mi mujer. —Por un momento había olvidado que Jaume tiene toda una vida que desconozco. Y mujer.

—¿Cómo se llama?

—Amèlia.

—¿Cómo es que te casaste? —Me contesta como solía

contestar de jovencito a las cosas que no quería contestar, encogiéndose de hombros. Y entonces me dice él a mí:

—¿Tú no te has casado?

—¿¿¿Yo??? —La pregunta me ofende. Si aún soy una cría, pienso. Jaume me lee la lengua del silencio porque dice:

—¿Qué? Tienes treinta y cinco años. La gente a esta edad está casada y con hijos.

—A ver, depende de dónde vivas, también te lo digo.

—Ahora me hago la cosmopolita.

—Entonces ¿has encontrado tu sitio en Barcelona? —Me lo dice como si Barcelona fuera Tokio. Finjo que dudo unos segundos antes de contestar:

—No, supongo que no.

Y, al contrario de lo que me había imaginado, la tarde transcurre en un silencio solo amenizado por el grupo preferido de la esposa de Jaume. Hacia las siete de la tarde dejamos de trabajar. Estamos sucios como colillas, vestidos con monos de John Deere gentileza de Jaume. Salimos a la calle para respirar un poco de aire libre de polvo. Hace un frío que pela. No pasan ni treinta segundos cuando aparece una vecina del pueblo y como quien no quiere la cosa:

—¡Jaume! Adiós, hijo, adiós. Qué sucios que estáis, menudo trabajo tienes aquí, ¿eh? —le dice a él mientras me mira a mí de arriba abajo. Parece que va a pasar de largo pero al final se detiene—. Uy, tú eres… —Yo ya voy asintiendo con la cabeza con mi sonrisa cándida de chica siempre complaciente—. ¡La pequeña de la Muda! ¿Cómo está tu madre? ¿Y tu hermana? —Me pellizca una mejilla como si tuviera cinco o seis años en señal de cariño y de exceso de confianza.

—Bien, bien. Están las dos muy bien —miento, naturalmente—. Mi hermana en Barcelona trabajando de médica.

—Tiene un niño, ¿no? A veces hablo con Consuelo —la madre de Gerard— y ya me dice que se ganan muy bien la vida. —Sigo sonriendo como una pánfila. Mientras ella habla caigo en la cuenta de que un setenta por ciento de las sonrisas que he esbozado en la vida han sido hipócritas. Vuelvo a la conversación para oír—… ¿y estás otra vez por el pueblo? ¿Con Jaume? —Estas mujeres siempre intentando sonsacar algún cacho de información. Se alimentan de eso. Vampiras de rumores. Es cuestión de minutos que la respuesta que yo dé ahora acabe corriendo de casa en casa, así que mejor pensarla bien y no levantar sospechas.

—Supe por mi madre que Jaume necesitaba que le echaran una mano con las obras de la casa y como yo estoy de vacaciones estos días y tenía ganas de pasar por el pueblo me he dicho va, ya lo ayudo yo, que hacía un montón de años que no nos veíamos.

No sé si cuela. Pone cara de suspicaz, murmura cuatro palabras con falsa cordialidad y se aleja.

—Ya sabes cómo van las cosas aquí —le digo a Jaume, que asiente con la cabeza y una sonrisa socarrona.

—La verdad es que de pequeña me parecías muy guapo —le digo ya en el sofá por la noche, una vez duchados, cenados y con pijamas antiguos de cuando Jaume vivía aquí con sus padres, en paz descansen.

—¿Y ahora ya no?

—Ahora también, pero con los años he ido acostumbrándome a la belleza. —Sonríe y me mira por primera vez de una manera diferente, como mirándome de verdad, quiero decir, como tomándome en serio. Y no dice nada—. ¿Por qué te marchaste sin decirme nada? —Él vuelve a encogerse de hombros pero esta vez no pienso aceptar este tipo de respuestas. No me he pasado años y años haciéndome esta pregunta para que se me responda así—. Eso no vale, contéstame.

Se pone muy serio y me mira con cara de pena.

—Porque no quería decirte adiós.

—Para no querer hemos estado diez años y diez años más sin vernos ni decirnos nada. —Y debo de ser imbécil, porque él quería decirme algo tierno y yo le he contestado con tono de reproche.

—Entonces no podíamos saberlo.

—Yo estuve dos años enteros más aquí y no apareciste ni un día. —Mierda, he vuelto a hacerlo. Quizá esto explica por qué estoy tan sola. Porque es posible que, en efecto, sea odiosa.

—¿Y a qué iba a aparecer, Margarita? ¿A charlar con una adolescente? ¿No ves que habría sido muy raro? Que aquí todo se magnifica, que me habrían llamado pedófilo como mínimo. Resulta que —oírlo pronunciar esta palabra, tenerlo a él en forma de señor delante de mí, después de tantos años pensando en pedirle una explicación de por qué no se despidió de la única persona que lo trataba como uno más, dándomela ahora, me indigna, a pesar de que tiene toda la razón.

—¡Pero si entre tú y yo nunca pasó nada!

—Eso al pueblo le da igual. —Si es que tiene razón. En el pueblo puedes difundir un rumor y que persista a lo largo de los años como certeza absoluta. Incluso un rumor positivo, aunque sea mentira.

Llegados a este punto de la conversación, decido que necesito alcohol y un porro, como cada noche, vaya, pero hoy más. Y resulta que en casa de los padres de Jaume no hay ninguna de estas dos sustancias.

—Que no tengas costo, vale, pero ¿ni alcohol, Jaume, en serio?

—Ay, ¿es que tú tienes siempre en casa? —Lo miro como si me hubiera preguntado si vivo sin agua o electricidad.

—Siempre. Y tabaco casi no fumo pero un canutito por la noche para coger el sueño, sí.

—Entonces ¿eres drogadicta? —Y me doy cuenta de que me habla desde otra galaxia.

—¡Nooo! ¡Hombre, qué dices!

—Ay, si te drogas cada día… ¿Tus amigos también lo hacen? ¿Cómo es tu vida? Tu día a día, ¡cuéntamelo, venga!

Tardo un poco en empezar a contestar. Dudo entre decir una mierda, aburrido, decepcionante, lamentable, frustrante o directamente qué amigos. Al final acabo diciéndole:

—Diferente de como lo había imaginado. ¿Tú no? ¿Tú lo habías imaginado así? ¿Casado con una mujer quince años mayor que tú, con una hijastra que te ignora, dando clases de matemáticas en una academia de repaso? —Ahora, oído en voz alta, me doy cuenta de que quizá parece que quiera destruirle la autoestima. Él también se da cuenta y, si no fuera tan educado, ahora sería el momento de enviarme de vuelta a mi casa.

—¿Qué importancia tiene que mi mujer sea mayor que yo? Tú y yo también nos llevamos quince años. ¿Estás enfadada, Margarita?

—No. —Dejo pasar unos tres segundos y digo—: Sí, es posible.

—Vale, perdóname por no haberte dicho que me marchaba hace veinte años. Tú me trataste siempre muy bien, comparado con los demás chicos y chicas del pueblo. Y siempre te he tenido cariño. Lo que pasa es que, no sé, parece que te deba algo por haberme tratado bien.

—¡No! ¡No, faltaría más! —Uf, qué vergüenza que piense esto, la conversación está yendo por caminos que no habría querido pisar en la vida—. Te traté bien porque me salía hacerlo, porque me parecías diferente, mejor que los demás, tenías bondad y me daba rabia cuando se metían contigo, y veía tu sufrimiento y no podía soportarlo. De hecho, siempre me quedé con ganas de abrazarte algún día. Y la noche del entierro… —Se hace un silencio que evidencia que ahora es un buen momento para que pase algo. Pero él no se mueve, sigue con la mirada clavada en el suelo y con ese gesto infantil tan suyo de siempre.

—No estoy nada acostumbrado a tratar con mujeres, Margarita. Solo he estado con Amèlia.

—¿Estás diciéndome que no has hecho el amor con nadie más?

—Exactamente eso.

—No te preocupes. Tampoco creas que yo he ido follando como una ninfa. —Parece aturdido incluso por mi lenguaje. Es más, ahora dudo de si alguna vez habrá salido la palabra «follar» en alguna de sus conversaciones.

Es que Jaume no tiene los cincuenta años que tienen los hombres modernos. Jaume se pone las camisas de su difunto padre porque todavía no están para tirarlas. Jaume siempre ha sido así, de jovencito ya lo era. Siempre ha vivido al margen de la estética. Ahora mismo llevamos puestos unos pijamas rugosos y acartonados; el suyo tiene la parte de arriba azul con un Spiderman bordado y el pantalón rojo. Le queda ceñido en la barriga. El mío es verde y amarillo, y hay un futbolista bordado. Me va largo de piernas y brazos, pero tampoco me queda como un saco. Insiste en que duerma en la cama, que él se quedará en el sofá centenario de sus padres. Antes de acostarse me dice:

—Si quieres mañana vamos a comprar cervezas. O vino. —Y los dos sonreímos. Me siento un poco mejor pero mal a la vez. Si pudiera me pagaría un psicólogo.

Antes de quedarme dormida vuelvo a pensar en mi hermana. Me obligo a jurarme que mañana la llamaré. Tengo que masturbarme para coger el sueño. Finalmente me duermo convencida de que mañana irá mejor. Ya lo decía Roberta, a menudo dormir te quita las fijaciones de la cabeza, no sé…, cuanto más duermes más te alejas de los problemas de ayer.

Efectivamente, en Arnes hace un día radiante de sol de febrero. Cuando salgo de la habitación, Jaume ya lleva puesto el mismo mono sucio de ayer y ha ido a comprar magdalenas a la panadería. También hay café frío porque lo ha hecho a las seis de la mañana.

—¡No podía dormir más y digo, pues a levantarse!

Después de unas primeras horas agotadoras de cara a la pared, me ofrezco voluntaria antes del mediodía para ir a comprar a la única tienda de comestibles abierta del pueblo y llenar un poco la nevera a mi gusto. Aprovecho para pasear por calles que hace años que no piso. Evidentemente paso por delante de nuestra casa. Está vacía. Se me pasa por la cabeza ocuparla. Por la calle me encuentro a Esther, una chica de mi edad, amiga de la infancia (aquí todos los de una edad parecida formábamos pandilla). Me quedo pasmada porque, si no me llama ella, no la reconozco. Tiene una niña de diez años y un niño de tres. Viene de ir a recogerlos a la escuela. Si me dices que es su madre en lugar de ella, me lo creo. Hoy por hoy, mi mundo se divide entre las conocidas que van por el segundo hijo y las que están aprendiendo a tocar el ukelele. Me pregunta cómo va todo y le digo que bien, bien, súper. Que vivo en Barcelona y trabajo en una floristería y poco más. (Literalmente, poco más).

—¿Y para trabajar en una floristería tienes que vivir en Barcelona? —Deben de ponérseme los ojos como dos melones porque enseguida intenta arreglarlo—: ¡No, mujer, no me malinterpretes! Quiero decir que es un trabajo que también se puede hacer aquí.

—No, si tienes razón. —Si tiene razón. De repente Esther es el multiusos que limpia el cristal de la ventana de mi vida para que entre la luz.

Vuelvo a casa de Jaume rumiando esta frase de Esther. Él ya está barriendo porque por fin hemos terminado de picar la pared y hemos dejado la piedra al descubierto. Queda muy bien. Lo malo es que en Arnes no hay ninguna floristería que pueda darme trabajo ahora mismo.

No puedo evitar observar a Jaume a todas horas. Me recuerda mi infancia entera. Su manera de moverse, de mirar las cosas, la cara que pone cuando se concentra (que es casi siempre), cuánto le cuesta mirarme a la cara… No soy capaz de adivinar si se da cuenta de que lo estudio o no.

Vuelvo a pensar en Remei, la llamo pero no me contesta. Así que le envío un mensaje con un «¿Cómo estás? Cuando quieras hablamos», que tampoco me contesta.

Por fin llegan las siete de la tarde y repetimos ritual: ducha, pijamas rugosos, preparamos la cena en la cocina y abrimos el vino (¡abrimos el vino!). Sirvo dos copas y me siento de nuevo en mi planeta. Con una copa de vino en la mano estoy tranquila, es como mi sidekick. Aún no he dado un trago y ya me veo con la potestad de preguntarle:

—¿Estás satisfecho con tu vida, Jaume? —Y de pensar

de inmediato qué mamarracha estoy hecha. Me mira como si le hubiera preguntado si alguna vez lo han abducido los extraterrestres o si recuerda otras vidas.

—¿Por qué no iba a estarlo?

—Solo pregunto. Yo no lo estoy. —Él me mira desconcertado y espera sin decir nada, muy en su línea. El hombre más prudente del mundo—. Quiero decir, tengo la sensación de que hace dos días corría por estas calles en triciclo y de repente tengo treinta y cinco años y todo el mundo se ha hecho mayor menos yo. Incluso tú te has hecho mayor.

—¿Por qué dices incluso yo? —Tengo la ligera sensación de que no dejo de meter la pata con Jaume. De plantearle las cosas de forma impertinente.

—Bueno, es que cuando tenías casi mi edad tú todavía vivías con tus padres y nunca habías tenido novia. Y ahora mira, estás casado, y con una hijastra. Aunque quizá estás inventándote a esas mujeres para hacerte el interesante, pero en realidad no existen y sigues tan soltero como siempre. —He empezado a decir esto último en broma, con una sonrisa y la intención de hacer gracia, pero a medida que lo pronunciaba ha ido adquiriendo forma de deseo. Por suerte esta vez él capta mi humor y me dice:

—Te muestro una foto, para que te lo creas. —Y me la muestra, y tanto quería ponerles cara como no. Empiezo a sospechar que existía una Marga que pensaba que, a las malas, siempre quedaría Jaume—. Y, por cierto, yo a tu edad ya hacía un par de años que me había casado.

Amèlia es una mujer que no ha querido cortarse la melena, cuyo color original no puede adivinarse bajo capas y capas de tinte a lo largo de los años; parece mayor que mi madre y es evidente que se deja mucho dinero en peluquería y estética. La hija, Jaume me informa que se llama Amèlia también, es guapa, delgada y viste de marca desde el moño hasta los calcetines. Las miro, lo miro a él y le pregunto:

—¿Estás enamorado?

—¿Y qué es estar enamorado?

—Dicen que cuando te ocurre lo sabes.

—¿Lo que dices es una certeza universal?

—Creo que sí, sí.

—Entonces supongo que no, porque no estoy seguro de saberlo.

Jaume ha insistido en que para cenar hiciéramos tortilla de alcachofas y ajos tiernos. Él orquesta el procedimiento y yo intento hacer de pinche, pero más bien hago compañía o molesto, según se mire. Quizá es culpa del vino, pero estoy pasándomelo bien. En algún momento me dice venga, pon música. Entonces cojo el móvil y opto previsiblemente por «Ceremony», de New Order, y en ese momento todo adquiere otro cariz, es como si se abrieran las puertas de la regresión. Él me mira y en la lengua del silencio me dice:

—¿Lo hacemos? —Y yo contesto que sí con un gesto mínimo y muy serio y en ese momento se me ocurre sacar el lápiz de ojos de la mochila, cogerle la cara y esperar que se deje pintar los ojos, y sí. Después nos ponemos a bailar imitando a Ian Curtis, que ya sabemos que no es el cantante de New Order pero da igual, queremos bailar así en la cocina antigua de sus padres. Como si no nos diera vergüenza vernos el uno al otro, porque de hecho no nos da, estar juntos es como estar solos. Me pregunto si de la misma manera que cuando conoces a alguien hablando un idioma le hablas en ese idioma para siempre, cuando conoces a alguien con una edad y no os veis regularmente, cada vez que interactuáis tenéis la edad en la que sí os veíais. Ahora mismo yo vuelvo a ser (o quizá sigo siendo) esa adolescente cándida y acomplejada a la que le gustaban los chicos fuera de lo común, y él el joven marginado y por espabilar que fue. Yo con él soy yo y él es él conmigo.

Comemos, bebemos, en la casa hace frío. La calefacción no funciona bien y nos calentamos con un brasero de los que ya no se fabrican. De hecho, Jaume moquea desde esta mañana, creo que anoche en el sofá pasó frío, aunque no se ha quejado. Nos sentamos muy juntos en el sofá para darnos calor y nos tapamos con una manta de las antiguas, áspera, pero el contacto con el cuerpo de Jaume me resulta un reducto de paz. Me calma.

—¿Sabes? Aunque hacía mucho que no nos veíamos, siempre he pensado en ti como un amigo imaginario con el que a veces mantengo conversaciones mentales. Debo de estar loca pero es así —le digo sin mirarlo, con los ojos fijos en la tele, que está apagada—. Tengo que confesarte que no pasaba por tu taller por casualidad. Y a menudo añoro la ilusión de encontrarte y que me contaras algo o me mostraras grupos de música. Siempre añoraré a ese tú y esa yo. Pero, en parte, no necesito añorarlo, porque lo llevo dentro, porque es parte de mí. —Vale, me he puesto un poco intensa. Pero parece que funciona porque Jaume me responde:

—Ah, ¿no venías por casualidad? —Aquí ya me mira medio sonriendo y me coge la mano por debajo de la manta—. Yo también he pensado en ti muchas veces, Margarita. Pero ¿qué podía hacer? Tú estabas viviendo la vida. Y aunque no hubieras estado en otro lugar, qué podía hacer. —Aquí me coge una risa descontrolada, porque no tengo en absoluto la sensación de haber estado viviendo la vida, sobre todo en los últimos años. Me los he pasado habitando en lugares precarios, compartidos con desconocidos, o sola, solísima. Trabajando para poder tener un techo y alimentarme, y poco más, sin conseguir reunir nunca un duro, sin conseguir tener un grupo de amigos de esos que veo en Instagram cenando juntos en casas rurales, sin conseguir tener una pareja que me dure más de dos meses. Sin poder sacarme una carrera, ni aproximarme a mi hermana, sin que mi madre me quiera cerca. Y ahora me doy cuenta de que la risa que me ha dado de repente se ha convertido en lágrimas de pena y de vergüenza por estar llorando otra vez. Joder, qué pava que soy.

—Chica…, ¿qué pasa?

—Perdona, soy una llorona. Y encima estoy feísima cuando lloro.

—Tú nunca estás feísima. Siempre me has parecido muy guapa, Margarita —me dice mientras me da un besito en la mano que me tiene cogida con las dos suyas. Creo que nunca me habían besado en la mano. Quizá mi padre, cuando yo era un bebé. Eso me hace llorar todavía más. Al final Jaume se decide a abrazarme, y me acaricia la cabeza y yo quiero quedarme ahí, en ese espacio exacto de su cuello. Huele muy bien ahora que se ha duchado. Me seco la llorera, por suerte después de la ducha no me he pintado y tengo la tranquilidad de que no llevo media cara llena de rímel—. Dime por qué lloras.

Y entonces se lo cuento todo. Todo: que estoy preocupada por Remei, y la historia que contó mi madre sobre su vida, la historia sobre mi padre, que no tengo un lugar al que volver, que soy forastera en la ciudad y forastera en mi pueblo, que no le gusto a nadie, que los mejores años de mi vida han quedado atrás y no he sido consciente y no me han servido de nada, que no los he aprovechado y no he construido absolutamente nada. Mientras hablo me doy cuenta de que necesitaba contarlo. Sobre todo la historia de mi madre. No me lo acabo de creer. No me lo quito de la cabeza. Que mi padre no es el padre biológico de mi hermana, que a mi madre la violaron cuando perdió la virginidad y no lo recuerda, que Remei es hija de una violación. Lo que hizo mi padre para no quedarse soltero. Que ahora ya no estoy segura de que mi padre fuera buena persona, aunque lo he idolatrado toda mi vida. Que esto ha pasado en una familia como la mía, que a mí me parecía de lo más estructurada, si es que este término existe o tiene algún significado. Él me escucha muy atentamente, sin cara de juzgar nada y va acariciándome la mano como lo haría un anciano, porque Jaume tiene la bondad de las personas mayores.

Nos quedamos mucho rato charlando, hasta entrada la madrugada. Nos hemos terminado el vino hace horas. Ahora ha empezado a llover. Él me confiesa que tampoco esperaba que su vida fuera como ha sido, al menos hasta ahora, dice. Que lo marcó mucho (negativamente, se entiende) el bullying que sufrió durante los años de infancia y adolescencia. Aunque entonces el bullying no existía. No tenía nombre. Que siempre ha tenido la autoestima muy baja, que se casó convencido de que ninguna otra mujer se fijaría nunca en él. Que ha vivido con unas estructuras mentales muy marcadas, poco abierto de miras, y que eso ha condicionado todas las decisiones que ha tomado. Que también se siente solo a pesar de tener mujer e hijastra, que siente que nunca ha terminado de encajar en esa familia. Y que de hecho están mal, porque él quiere venir a vivir a Arnes y ellas ya le han dicho que no piensan moverse de Tortosa. Y que él ahora debe tomar una decisión. Que no sabe si la relación es buena o no porque no puede compararla con ninguna anterior. Que nunca se ha atrevido a pensar en mí como nada más que una persona de su pueblo, hija de una exprofesora de repaso. Que me veía como una especie de ángel, un reducto de bondad extraña que no merecía. Que vivía con miedo a que al final mi actitud fuera una broma y algún día lo dejara en evidencia delante de todos. Y que por eso, para protegerse, nunca vino a despedirse de mí. Por si acaso. Que lo siente, que lo siente de verdad. Y aquí volvemos a abrazarnos y yo suelto flojito, casi aspirando, atreviéndome más bien poco, como si no estuviera segura de querer que me oiga:

—Podríamos compartir la cama esta noche. —Pero me oye. Y me mira sin decir nada, haciendo el vacío a la respiración—. No tiene que pasar nada, es solo que hace mucho tiempo que no duermo con nadie y me apetece, no sé, abrazarte. Y listos. —Y juro que en el momento en que se lo digo me lo creo, es lo que pienso.

Él asiente con la cabeza, con el terror escrito en la cara, y nos levantamos del sofá y vamos al cuarto en silencio y nos metemos en la cama de cuerpo y medio, que era la suya cuando vivía con sus padres. Durante unos segundos de incomodidad no nos tocamos, solo tenemos la cabeza apoyada en una misma almohada de las largas, de las que ya no utiliza nadie, mirándonos a un palmo de distancia. Entonces le cojo una mano y la llevo hasta mi cintura.

—No sé cómo tocarte —me dice, y me encanta que me lo diga. Yo a él tampoco. Somos como una reliquia, un atavismo, un papiro de cinco mil años, una flor de azafrán que debe manipularse con mucho cuidado. Le pongo la mano en la mejilla y me acerco a él, que sigue inmóvil, aterrorizado, avanzo a cámara lenta hasta sus labios, que tropiezan torpes con los míos, se tocan, a punto de probar por primera vez una fruta extranjera. Y él, que está paralizado y tengo que hacerlo yo todo; es raro, es como besar un muñeco hinchable, no es que lo haya hecho alguna vez. Finalmente reacciona y me devuelve el beso y me coge por la cintura y yo me acerco más aún y nuestros cuerpos quedan totalmente uno contra el otro. Y no podemos, de verdad, no podemos dejar de besarnos porque esto es exactamente un amor antiguo, sincero, de otro siglo.

No sé cuánto rato pasa. Solo nos separamos unos centímetros de vez en cuando para coger perspectiva y mirarnos con los ojos muy abiertos y asegurarnos de que somos nosotros, de que está pasando.

—¿Eres tú? —le digo yo.

—¿Eres tú? —me contesta él.

Al final nos quitamos el pijama el uno al otro. No sé cómo decirlo: no tenemos un cuerpo perfecto pero sí. Al menos para mí este cuerpo suyo es perfecto porque es suyo. Intentamos por unos instantes hacer el amor pero no lo conseguimos. Parecemos muy adolescentes. La situación hace horas que nos ha sobrepasado. Jaume entona muy bajito una especie de oración, reza que hace muchos años que te quiero, Margarita, que siempre te he querido, eres tan guapa, Margarita, te quiero mucho. Yo quiero abrazarlo tan fuerte que si pudiera incrustaría la cara en su pecho carnoso. Sin duda es mejor esto que cualquiera de las drogas que he probado en mi vida. Nos besamos. No nos lo creemos. Nos preguntamos si somos nosotros y siempre lo somos. Y hay tanta verdad en la manera en que nos queremos, en que nos veneramos, en que nos maravillamos el uno con el otro que no hacemos el amor ni tenemos ningún orgasmo, pero mejor, porque esta noche no es comparable con nada.

Mal dormimos un par de horas cuando ya clarea el día y, cuando nos levantamos, el mundo ha cambiado de color. Las magdalenas están más buenas hoy que ayer. El sol calienta más, la luz tiene más matices, él está más guapo, y yo también.

—Parece que hay mariposas de día y mariposas de noche, ¿lo sabías? —me dice mientras desayunamos—. Y que las bonitas son las de día, las de noche son feúchas, así grises y peludas. Me lo contó un chico de la academia que había ido a la clase de las mariposas de pequeño, y por eso lo sabía.

Tiene todo el sentido, otro acierto de la naturaleza, pienso, pero rápidamente me pregunto si lo dice por nosotros, por esta historia nuestra prohibida y escondida que hemos empezado esta noche. O quizá solo la hemos continuado. Así que me limito a no decir nada, a sonreír como una pánfila, que es el atributo con el que más me identifico ahora mismo, y acercarme a él para besarlo otra vez en la boca, que sabe a café con leche.

—Están haciéndose unos nudos que no podrán deshacerse, Margarita, ¿lo sabes? —me dice ahora, en una clara referencia a esta ansia nuestra que nos acabamos de confesar. Y yo, mientras tanto, mentalmente estructuro toda una alegoría que justifique seguir besándonos y que habla de la migración de las mariposas, que muchas veces se hace en tres generaciones, como una carrera de relevos. Que nacen, si tienen suerte, de día, para emparejarse y recorrer un tramo del viaje, y cuando nace su descendencia se mueren para que la nueva mariposa continúe, por instinto, el tramo de su viaje en la dirección correcta. Hasta que se reproducen y vuelven a morir.

Pero cuando aterrizo de mi periplo mental, él ya está hablándome de los naranjos afectados por la tristeza que iba a arrancar de joven con su padre a la garriga. A Jaume le encanta hablar, para mí su discurso es un indicador de bienestar, porque cuando habla quiere decir que está a gusto. Así que vuelvo a quedarme callada; de todas formas, nosotros somos, segurísimo, mariposas de noche, de las que no deben mostrarse, de las que no son bonitas de ver. Nosotros somos la noche, y los guapos son otros.

—Jaume, tú sabes que el tiempo deforma todos los cuerpos, ¿no? Incluso el de las mariposas de día, y también los cuerpos de las mariposas que siguen el viaje en la dirección correcta para hacer lo que hay que hacer y morirse igual que se han muerto sus madres. ¿Y sabes qué te digo? Que, al final, la tristeza no es más que una enfermedad de los naranjos y que tú y yo, de momento, volamos.

—Le cambia un poco la cara. Jaume es transparente como un cristal de roca. Cuando está triste, está muy triste y cuando se alegra, se alegra muchísimo. No digo que sea desequilibrado, digo que es como un niño. Así que ahora, momentáneamente, y dejando de lado el follón sentimental que se le presenta después de lo que ha pasado esta noche, se le ve feliz y emocionado por lo que acabo de decirle.

El caso es que no soy nada original si digo que tengo una pequeña obsesión con el paso del tiempo. Con el desmadejamiento de los cuerpos y el marchitarse de las flores. Pero creo que sí lo soy un poco si confieso que tengo la habilidad de ver esos cuerpos fofos o esas flores marchitas como lo que han sido a través del tiempo. Detrás de unos ojos cada vez más caídos, puedo llegar a ver la mirada del niño que fue, del chico tímido que no se quería a sí mismo, del hombre que decidió casarse con la primera mujer que se lo propuso, no sabe por qué. La edad en la que nos plantamos por dentro todos los adultos. No sé cómo explicarlo: veo toda una vida.

Mientras Jaume está en el lavabo me llega un mensaje de Remei.

«Estoy bien, no te preocupes». Y un emoji de besito. «Nos separamos», me dice a continuación. «¿Dónde estás?».

«En Arnes».

«???».

«Con Jaume».

«???».

—Creo que lo mejor es que te marches hoy.

Jaume sale del lavabo y mientras yo miro el móvil me suelta esta frase, que me destroza. Qué poco me ha durado la escapada romántica, si acabo de comprar mecha para encender la retahíla de fuegos artificiales que quieren explotarme en el tórax, en la boca y dentro de la cabeza. Hoy, cuando justo he probado el sabor del cóctel de amor genuino. Cómo voy a volver ahora a una vida de sucedáneos. Intento decirle que lo entiendo, pero esta vez no sé poner mi mejor sonrisa hipócrita. Se me debe de notar que es postiza porque insiste en explicarse.

—Es que estoy casado, Margarita. Es que yo no soy de hacer estas cosas, ¿me entiendes? —Asiento con la cabeza esforzándome para no llorar otra vez—. Lo de esta noche ha sido precioso, pero no nos engañemos, los dos sabemos que lo nuestro no podremos dejarlo aquí, como una anécdota. Si te quedas hoy, volverá a pasar. —Y yo, que no veo el momento de que vuelva a pasar.

—Tienes razón, no creo que haya sido un capricho. Creo que lo nuestro venía de lejos, que hacía tantos años que lo acumulábamos que tardaremos muchos años más en vaciarlo, al menos yo, que nunca he sentido nada igual, Jaume, es que no sé qué me pasa. Es algo nuevo y me parece precioso.

Casi le imploro con toda la dignidad de la que soy capaz. Entonces me abraza y llora. Yo también. Y me dice lo siento, Margarita, lo siento. Me entiendes, ¿no? Y yo asiento con la cabeza pero noto cómo debajo de mis pies empiezan a temblar las placas tectónicas de todas las montañas de nuestro pueblo.

—Esta mañana tengo que acercarme a Tortosa, si quieres te llevo para que cojas el bus allí —me dice con la cabeza gacha—. Tengo que ir a comprar más portland. —Y aquí hace un silencio un poco demasiado largo, supongo que para buscar el coraje de decir—: Y también porque le dije a Amèlia que bajaría un día entre semana como mínimo a comer. —Le digo un «entiendo» muy sobrio con la lengua del silencio.

Recojo mis cosas y subo a su Mazda. Enciendo la radio, suena clásica, me cuenta que es la música que quiere escuchar Amèlia en el coche, que ahora está jubilada pero toda la vida ha sido profesora de piano. Ajá, respondo.

Y para él, comienza la aventura de circular entre la belleza de Els Ports. Coge todos los caminos que puede y las antiguas carreteras y se esfuerza por que no nos perdamos nada. Mira qué espectáculo de verdes es la entrada de este túnel; escucha, escucha lo que hace aquí la canción, ¿lo oyes?, parece que esto se llama cadencia rota, que es un falso final, un final que no llega, ¿ves? Aún no. Y mira, mira, mira qué precioso, qué camino tan acogedor, qué árboles tan antiguos, parece que vayan a ponerse a hablar en cualquier momento.

Pero yo lo miro más a él que a nada, sin apenas ser capaz de pronunciar palabra; me pesan tanto los pensamientos que no pueden ni decirse. Solo veo raíces que levantan el asfalto de la carretera que ha ultrajado la montaña. Raíces descomunales desobedeciendo, a punto de gritar, a punto de no poder más, a punto de vencer. Y la música, y el sol que entra al bies, y él, señalando con el dedo maravillas, siendo todo él una maravilla.

Jaume lo vuelve todo bonito, siempre ha sido así, y yo, que quiero agradarle, en un intento desesperado para que cambie de rumbo en tiempo de descuento, le pregunto si diría que tengo un gusto adulto para la música y cosas así. Como quiero que no acabemos de llegar dondequiera que vayamos entre pinares y abetos, le pido que se detenga un momento por la urgencia de besarnos —de bebernos, de comernos, de especiarnos— antes de que nos acabemos. Y vuelve ahora, aún unos minutos más, esta excitación adolescente nuestra, este secreto que nos quema, esta peligrosidad.

Este miedo que tengo ahora que lo sé, que el qué dirán gane y quien pierda seamos nosotros. Y no quede invierno y el hielo se lleve toda la belleza que solo él me subraya. Y, a pesar de todo, la esperanza infantil aferrada a la costilla de que eso que llamamos lo nuestro suene como esa pieza y solo termine con una cadencia rota, un falso final, un final que no acaba.

Pero no. Nada de esto acaba pasando y en poco más de cuatro horas vuelvo a estar en mi piso de Barcelona y con la cara que supongo que pondría si alguien cogiera un pez crudo y me lo estampara en la mejilla. Hace un rato acababa de descubrir el significado del amor-de-mi-vida y ahora estoy aquí, más sola que la una, con la mano en la puerta abierta de la nevera vacía como quien se apoya en la barra de un bar. Por unos segundos se me pasa por la cabeza la idea de ir a un bar de verdad y emborracharme como una cuba y que esta experiencia cósmica que he vivido hace tan solo unas horas con Jaume quede diluida en una resaca deplorable.

Un tomate mohoso, un bote de aceitunas verdes abierto antes de irme con Remei a la Toscana (¡mierda!, Remei, ¡no le he contestado!), un manojo de cebolletas que empiezan a estar blandas, cuatro cervezas, media tarrina de sobrasada que me compré en un momento de debilidad pero que ahora mismo no tengo sobre qué untar y media botella de leche, que ya veremos si está en condiciones todavía o no. No puedo creerme lo que ha pasado. Al final me abro una cerveza y opto por la sobrasada a cucharadas para comer, en la que es, con toda seguridad, la imagen más lamentable que he ofrecido en lo que va de año. No tengo hambre pero como igual porque me he dado cuenta recientemente de que mi relación con la comida es así: cuando no tengo nada más, como. Cuando no tengo nada que hacer, cuando no tengo alegría, cuando no tengo suficiente dinero, cuando no tengo dignidad, cuando no tengo paz interior, cuando no tengo a nadie con quien hablar, yo, Margarita, como, independientemente del hambre que tenga.

Estoy a medio pensamiento de echarme a llorar con la cucharadita de sobrasada en la boca, preguntándome si no debo de estar deprimida de verdad, cuando suena el timbre. Mierda. Que no sea Mari Cruz.

Es Mari Cruz. Ha venido a quejarse. Cuando se marcha, yo vuelvo a la sobrasada y me abro otra cerveza porque no tengo anestesia, qué se supone que debo hacer. Después de esta pequeña autodestrucción me quedo dormida, que es la mejor de las recetas contra la realidad, hasta que me despierta un mensaje de mi hermana.

REMEI

«¿Hola? ¿Cuándo vuelves a Barcelona?».

«Perdona. Ya estoy en Barcelona».

«¿Puedo dormir en tu casa?».

«Sí, ven y me cuentas. ¿Estás bien?».

«De aquella manera».

«Ok, hasta ahora».

Y emoticono de besito, que no le devuelvo porque ha tardado cuatro horas en contestarme después de que yo le dijera que me he separado. Pero supongo que aquí y ahora tampoco tengo a nadie más a quien acudir al que no me dé vergüenza contarle los motivos de mi separación.

Marga tiene muy mala cara cuando me abre la puerta. Supongo que no habrá ido muy bien su estancia en Arnes. Quiero preguntárselo pero se me adelanta ella con su interrogatorio.

—¿Qué? ¿Cómo ha ido? ¿Lo has dejado tú? ¿Él? ¿Se ha enfadado mucho?

—Quería seguir, pero le he dicho que no.

—¿A pesar de…?

—Sí. Y ahora me dice que no soporta la idea de que me vaya de casa, que me lleve a Teo, que cambie de ciudad… De momento hemos acordado que hoy no duermo en casa y hemos hablado de custodia compartida, mientras yo no me marche de Barcelona. Pero, si me voy, Teo vendrá conmigo, entre otras cosas porque, según me ha dicho también, no sabe cómo se organizará para llegar a todo. Y problema resuelto. Él seguirá ejerciendo de psiquiatra en el Clínico, haciendo su tesis, concediendo entrevistas, presentando *papers* y verá al niño en vacaciones y fines de semana alternos. No será que yo no le haya ofrecido la custodia entera, ¿eh? (Sabía que diría que no). Que no soporta la idea de que nos vayamos, pero aún menos la de asumir el peso de la crianza.

—¿Y qué tienes pensado?

—No lo sé. Si me voy yo de casa, que me dé la mitad de lo que vale el piso. Así podré comprarme algo en Arnes.

—¿Quieres volver a Arnes? —A Marga se le ilumina la cara.

—No es tan fácil. No sé si Gerard me dará ese dinero, tampoco creo que lo tenga. Quizá tendría que vender el piso. Y yo me siento muy culpable. De todas formas, no sería de un día para otro.

—Puedes quedarte aquí el tiempo que quieras, los otros dos del piso no vienen casi nunca.

—¿Y si vienen?

—Si vienen duermes conmigo. —Tampoco tengo un plan mejor, francamente.

—Pero ¿el embarazo al menos te hace ilusión? —Sonrío.

—Esta semana tengo hora para hacerme una eco.

—¿Sí? ¿Cuándo? ¡Te acompaño!

—El jueves por la mañana. ¿No trabajas?

—Me escaparé un momento.

—Perfecto. —Marga se queda callada y de repente empieza a llorar. Mierda.

—No te preocupes, estoy bien —le digo.

—No, si no es por ti. —Ah, pienso. Ah—. Qué bien que te quedes estos días conmigo. Necesito que pase esta semana y que mi vida sea pronto lo más parecida posible a cómo pasaban las semanas antes: sin pena ni gloria, quiero decir. Antes de estas dos escapadas, ¿sabes, Remei?, y que la vida se me volviera más interesante pero también más dolorosa.

—Tía, eres muy intensa. Un poco demasiado para mi gusto. —Me lanza una mirada ligeramente ofendida. Para intentar arreglarlo le digo—: Supongo que es lo que tiene la información y el arte de saber gestionarla.

—¿Cómo lo haces?

—¿El qué? —respondo.

—Aguantar el temple. No perder la calma. ¿No te ha trastocado mucho lo que contó mamá?

—Mucho, Marga, mucho. Tanto que aún no he empezado a digerirlo.

—¿No se lo has contado a Gerard?

—¿Para qué?

—¡Te pareces tanto a mamá!

—Mira, Gerard es muy majo, encantador y buena persona, pero sobre todo es egoísta, como todos. ¡El tiempo, para él! ¿Y tú a Jaume? ¿Se lo has contado? —Asiente con la cabeza. Claro, ella antes que quedarse callada le contaría su vida a un árbol.

—Todo. Lo de tu embarazo también.

—Ah, mira qué bien.

—Pero Jaume no es así.

—¿Ah, no? ¿Y piensas contarme qué ha pasado estos días en Arnes?

—Pasamos la noche juntos. Estoy superenamorada, Remei. Como nunca. Me pregunto cómo podía tener todo este enamoramiento cerrado al vacío dentro de las costillas y no haberme dado cuenta. Y él tampoco. Hoy me he hartado de llorar y de escribir mensajes que al final no le he enviado. Me pregunto si él también está pensando en mí. Si ha significado lo mismo para él que para mí, que ha sido algo parecido a, no sé…, como si me hubiera bañado en las aguas turquesas de Formentera después de haber pasado los veranos bañándome en un río fangoso.

—Uau. ¿Y por qué dices que Jaume no es así? ¿Es que ha dejado a su mujer después de acostarse contigo? —Aquí mi hermana se echa a llorar otra vez. Ahora lo siento. La veo tocada por un tío por primera vez. Se supone que soy yo la que debería estar así. Pero yo no siento nada. La abrazo. Huele a alcohol. Me da pena. Pero no puedo llorar—. Por cierto, ¿sabes algo de mamá?

MARGA

De camino al trabajo siento una especie de peso que me cae en la cabeza al pasar por debajo de un árbol de la acera. No es una metáfora. Me pregunto si los pájaros son conscientes de que se cagan encima de alguien.

Así que paso la jornada laboral con un mechón de pelo acartonado, porque hago lo que puedo en el lavabo de la floristería cuando llego, pero no es suficiente. En algún momento pienso que poco importa, que se me podría mear un perro en los tobillos y no me apartaría; si, total, Jaume está casado. Y no he sabido nada más de él desde la idílica noche.

Por fin toca la primera eco. Estoy convencida de que ese niño me hace más ilusión a mí que a Remei. Evidentemente nunca lo diré en voz alta.

Remei todavía está en mi casa, aunque es ella la que va a recoger a Teo al cole y lo lleva a las extraescolares cada día, y después vuelve a dejarlo en casa con su padre. Así que, básicamente, ahora Remei entre trabajar y llevar a Teo de un lado a otro y volver a mi casa no tiene tiempo ni de pensar. Me cuenta que, cuando coincide en el hospital con Gerard, intenta evitar el tema, y él trata de sacarlo y convencerla de que vuelva a casa con ellos. Pero a ella se la ve cada día más convencida de la decisión que ha tomado. Que vuelva a estar soltera, vaya, que esté soltera por primera vez desde que tengo memoria reconozco que me hace cierta ilusión. ¡Quizá ahora podamos ir de copas juntas por la ciudad!

Hemos quedado en que vendría a recogerme a la floristería e iríamos juntas al ginecólogo, seis paradas de metro más arriba.

—¿Nerviosa? —le digo al verla.

—No. Por qué iba a estarlo. Hace días que me siento medio mareada, lo de hoy es un mero trámite.

—Pero hoy deberías oír el latido, ¿no? —He estado leyendo por internet.

—Ah, sí. Sí.

Yo estoy emocionadísima por conocer al futuro familiar, aunque sea a través de una ecografía, y Remei mira noticias en el móvil en la sala de espera como si nada. De vez en cuando me pregunto si yo soy la única que queda viva en esta familia que no haya alcanzado el nirvana.

Nos hacen entrar. Antes de nada nos preguntan si somos pareja. A mí me coge la risa y me apresuro a decir que no, que no, ja, ja, que no, que somos hermanas. Remei también dice que no, seria, solo con la mirada. En un tono imperturbable empieza a relatarle al ginecólogo toda la verdad. Poco antes me ha contado que no es su ginecóloga habitual, una compañera del Clínico, porque no quería contar esta historia tan íntima en el trabajo. Y que por eso cogió visita con el primer desconocido que estuviera disponible esta semana.

Remei siempre omite el detalle de que es médica cuando va al médico. Pero intenta que el otro se dé cuenta por la terminología que utiliza. Los deja descolocados. Yo observo la conversación como una partida de ping-pong.

—Estoy de seis semanas y seis días. La última regla fue el 10 de enero. La fecha de consumación fue el 24.

—Bien, no es por transferencia embrionaria, ¿verdad?

—No, pero lo sé seguro. Es la única relación sexual que he tenido en más de tres meses, créame.

—Bien, ahora echaremos un vistazo.

Remei se envuelve con la sábana que le proporciona una enfermera que no habla y se sienta despatarrada en el asiento de tortura del ginecólogo. En este punto me uno a ella para tener acceso privilegiado a la imagen de la ecografía. El ginecólogo procede a introducir el palo-cámara con profiláctico por la vagina de Remei, que hace una mueca desagradable.

—¿Seguro que las fechas que me ha dado son las correctas? —Remei mira lo que se ve en la pantalla. Yo también. Ninguna de las dos parece entender nada pero por motivos diferentes.

Así que pregunto:

—¿Qué deberíamos ver?

—Veo saco embrionario y vesícula vitelina, pero el tamaño del embrión no se corresponde con la edad gestacional. —Me quedo igual.

—Quizá estas imágenes no se ven bien, quizá el equipo no es lo bastante bueno —dice Remei; es el comentario más estúpido que le he oído hacer en la vida. Parece muy descolocada.

—¿Y el latido? —se me ocurre ahora—. ¿Lo puede enfocar? —El ginecólogo se limita a repetir que la imagen no se corresponde con la edad gestacional.

—¿Qué quiere decir? —insisto. Remei sigue sin decir nada, mirando la pantalla como quien mira una de esas imágenes en las que en determinado punto, fijando la mirada aparece una figura en 3D.

—Que o es demasiado pronto para oír el latido, o ya no lo habrá. —Ahora por primera vez me doy cuenta de la gravedad—. ¿Quiere decir que quizá esté muerto? ¿Qué quiere decir?

—Mire, ¿por qué no vuelven la semana que viene?, a ver si ha evolucionado y, si no, podremos proceder a darle unas pastillas que se toman ambulatoriamente para deshacerse de los restos —dice mirando a Remei, que sigue con un palo metido en la entrepierna y la mirada desconcertada como nunca en su vida.

Intentamos pedir hora para la semana que viene pero no nos la dan hasta la otra. Cuando salimos de la visita vamos caminando hasta el metro.

—¿Estás bien? —Remei contesta que no con la cabeza.

—No quiero entrar en el metro.

—Sentémonos aquí —le digo señalando un banco.

—No quiero entrar en el metro como si no acabaran de decirme que el hijo que llevo en la barriga está muerto. No quiero ver toda una multitud de desconocidos bajo tierra ajenos a mi sufrimiento, llegar al trabajo, sentarme en la consulta a visitar a toda hostia a personas trastornadas y angustiadas como si no se me estuviera desmontando la vida por segundos, Marga.

—Te entiendo.

—No, no me entiendes. Tú no acabas de perder a un bebé en la barriga.

—Yo nunca he tenido ni la opción de planteármelo, Remei. —Miro al suelo dándome cuenta de lo que acabo de decir, que por otra parte es verdad. Noto que Remei me mira y no sabe qué decir. Supongo que sabe que está enfadada pero no es conmigo con quien lo está—. Podrías no haberlo sabido. He leído que en la mayoría de los abortos espontáneos la mujer no se entera. Que parece un retraso de la regla y listos.

—Sí, podría no haberlo sabido. Y si no hubiéramos ido a ver a mamá también podría no haber sabido lo de papá. Y ahora mismo mi vida no estaría haciendo aguas como lo está.

—Pero ¿preferirías que no hubiera pasado nada de todo esto? —Remei se queda sin habla otra vez—. Quiero decir, al final todo es información. —Adopto un tono más propio de Remei que mío, a ver si así entiende algo.

—Margarita, llevo días llamando a Remei y no hay manera de encontrarla. ¿Has hablado con ella últimamente?

—Sí, claro. ¿Por qué no me has llamado antes?

—¿Y cómo está? ¿Qué ha hecho al final?

—Se ha separado. Estos días está en mi casa.

—¿Se ha separado? Gerard la ha mandado a paseo, ¿no? Se veía venir…

—Lo ha dejado ella.

—¡Calla!… ¿Y está en tu casa? Pues va apañada.

—Aún gracias que puede ir a algún sitio, con su madre en Italia…

—¿Y el bebé? ¿Todo bien?

—No muy bien, mamá.

—¿Qué quieres decir?

—Que fuimos a la eco y de momento no había latido. Tiene que volver en unos días a ver si es que era demasiado pronto.

—Ay, Dios te oiga.

Me ha dejado muy preocupada lo que me ha dicho, lo de la ecografía; que se separe de Gerard, no. En otro momento habría preferido que siguieran juntos y que nadie supiera que no era el padre biológico. Pero, visto mi éxito, ahora me alegra que se haya separado. No tiene sentido seguir con alguien si no es porque te hace la vida más alegre y llevadera. He tardado sesenta y cinco años en descubrirlo, y si no llegan a venir ellas a escuchar la conferencia no sé si me habría dado cuenta. Porque cada vez que la pronunciaba estaba convencida de que lo había hecho muy bien: tener a Remei a pesar de todo, darle un padre y una hermana, esperar media vida a que se hicieran mayores y entonces sí, dedicarme a mí. Y vivir todo ese tiempo con ese peso en el pecho y en los hombros, no besar nunca con ganas a mi marido. No llorar nunca de risa. No, eso hay que hacerlo siempre, no solo cuando tienes todos los deberes hechos. Y ahora que se han ido y las cosas están claras, descubro que tengo muchas ganas de volver a tener un bebé en la familia y no hacerlo tan mal esta vez. Quizá no era tan mala idea conservar la casa de Arnes… No sé, de todas formas, cruzo los dedos para que en la próxima visita haya latido.

MARGA

Hoy es mi mañana libre y me levanto a la misma hora que Remei para salir a dar una vuelta, porque me doy cuenta de que desde el día que hablé con mi madre tengo una ansiedad que, si no lo hubiera dejado del todo, ahora me fumaría dos cigarros a la vez. O quizá me los comería. Me llama para preguntarme exclusivamente por Remei, seguro que ya ha olvidado lo que anuncié sobre Jaume. No sabe ni que fui a Arnes. Ni un simple y tú cómo estás. Qué fuerte. Como no quiero fumar, recuerdo que el chocolate también me sirve, y entro en la primera panadería que encuentro, me compro un cruasán de Nutella y me lo como sentada en un banco de la calle Villarroel. Por delante de mí van pasando vidas llevadas dignamente a lomos de personas que parece que tienen un rumbo. A recoger a los niños al colegio, a hacer la compra, a clase de pilates, a tomar un café con el grupito de swing. Tan ajenas a lo que me ha dicho mi madre, y a lo que está sufriendo Remei, y al apocalipsis amoroso en el que transito estos días, quizá desde siempre. No es algo anodino encontrar el amor sincero de otro siglo y perderlo el mismo día. Me devuelve al asfalto un «oink, oink» de un puto adolescente al que ahora alaban sus putos amigos mientras me miran y se ríen y hacen gestos que me informan de que quizá tengo un ligero sobrepeso. La gente no puede soportar ver a una gorda comiendo chocolate. Es demasiado triste. Topa con incomodidades propias imposibles de asumir.

Estoy en un punto de la vida que ya no digo el tipo o la belleza, sino que lo que me repito, esta mañana de jueves que tengo libre en la floristería y siento un vacío existencial, es que ojalá hubiera heredado un poco del pragmatismo de mi madre. Ese trazar planes y ceñirse a ellos al milímetro. No es que necesite un plan para pasar mi mañana libre, en realidad necesito un plan para vivir.

Empiezo por hacer algo que no hago nunca (he leído en un test de psicología en Instagram que resulta muy útil si quieres empezar a cambiar algo en tu vida), que es salir a hacer jogging, es decir, a caminar por las aceras en chándal como si llegara tarde a algún sitio. Aprovecho que voy con leggings y zapatillas de deporte y empiezo a caminar al trote. Llevo cuatro esquinas resoplando cuando paso por delante de una cafetería que tiene vidriera en lugar de pared y me veo perfectamente reflejada: es una imagen lamentable, parezco Mariano Rajoy. Decido que ya está bien de pasearme por el Poble-sec con esta pinta, que todavía me verá más gente (en realidad lo que quiero es sentarme al sol tras la vidriera de la cafetería y pedirme un cortado).

«Hola, Jaume. ¿Cómo estás?». Al final decido arrastrarme y delante de un cortado con la leche desnatada le envío un mensaje: «No te he dicho nada pero la verdad es que no he podido dejar de pensar en ti desde que me marché».

Habría dicho que Jaume no es de esas personas que van con el móvil arriba y abajo. Aun así, me quedo mirando fijamente el aparato sobre la mesa durante los cinco minutos que tarda en contestar.

«Margarita, yo tampoco he podido. La verdad es que me estoy separando. Ya te dije que las cosas no iban demasiado bien». Por poco me caigo de la silla. Como acto reflejo me giro y miro enérgicamente a una mujer octogenaria que está sola en la mesa de al lado, que con la lengua del silencio me dice:

—¿Qué? ¿Qué quieres? —Y yo le contesto usted no sabe por lo que estoy pasando, también con la mirada.

Dudo un poco pero al final acabo diciéndome que lo que haría una persona madura ahora mismo sería llamarlo. Así que cojo aire, me digo que soy adulta y que puedo llevar esa conversación.

—Mira, iba a contestarte pero digo ¡va, lo llamo!

—Hola, disculpe, pero ahora no puedo atenderla. —Y me cuelga. Me quedo como una mona. Quiero pensar que he llamado en mal momento.

Vuelvo a mi casa entre descolocada, eufórica y acojonada, en un cóctel de emociones que, como diría mi hermana, si estuviera descompensada, ahora sería el momento de brotar. Justo me llama Remei.

—Estoy sangrando mucho. Ven. Estoy en tu casa.

—Voy volando, estoy cerca.

Cuando son de máximo nivel de urgencia, en nuestra familia las cosas siempre se han hablado lo más concisamente posible.

Corro tanto como me permite mi físico poco privilegiado, pero mucho más que antes, en el momento jogging. Encuentro a Remei en el cuarto de baño, desnuda dentro de la ducha, plantada, con un coágulo que le ocupa las dos manos abiertas. Tiene la expresión congelada. Parece un cuadro de Hopper. Levanta la mirada, se da cuenta de que he llegado y en nuestro idioma le digo tranquila, ya estoy aquí y que lo siento mucho. Lo siento de verdad, con todo mi corazón. Aunque no creo que eso la consuele. Remei se salvaría la vida ella sola, antes de que yo pudiera ayudarla, me temo.

Entonces se reanuda el movimiento de la escena y con todo el terror en la cara me dice:

—Lo he perdido.

—¿Cómo ha sido?

—Horroroso. Estaba en la cocina preparando el desayuno y he empezado a sangrar. Cada vez más. Me he tumbado en la cama, pero he seguido sangrando. Entonces me he sentado en el váter. Y he seguido sangrando. Me ha salido un coágulo. Luego otro. Era imparable. Me he metido en la ducha, me encontraba muy mal pero no podía desmayarme porque estaba sola. Y entonces he sentido un peso, he abierto las piernas, he hecho fuerza y me ha salido esto. —Me lo muestra, como un trofeo. Me acerco a examinarlo. Remei lo acaricia, lo mira muy atentamente. Me asusta un poco que esté tan serena. Que me lo cuente sin lágrimas.

REMEI

—Te habrás asustado mucho —me dice Marga.

—Más que asustado, cabreado. He tenido clarísimo lo que estaba pasando desde el principio.

—Pero... ¿no estás triste?

—Aún no, Marga. Estoy puteada, de momento. Déjame un momento sola, por favor.

Quiero despedirme del manojo de tejidos que acabo de sacar de la vagina. De momento está en el lavabo. Lo miro atentamente mucho rato. Esto debía ser mi segundo hijo, que muy probablemente ya nunca tendré. Por unas semanas he valorado y decidido que quería tomar ese camino. Quería acunar a ese bebé y después cogerlo de la mano y cuidarlo de por vida. Ahora lo he perdido todo. ¿Ha merecido la pena apostar tan fuerte por ti, criatura? Supongo que sí. No sé cuánto rato pasa hasta que vuelve a entrar Marga, que apoya un brazo en mi espalda y me dice tienes que deshacerte de eso. Asiento con la cabeza.

—¿Qué hacemos? —pregunto.

—¿Qué es exactamente?

—Son tejidos que envuelven al embrión, lo que queda de embrión. Es lo que debía ser la placenta.

—Envolvámoslo con papel de váter —propone, y no sé por qué no me parece mala idea.

—¿Y ahora qué? —pregunto.

—Yo diría que es orgánico.

Así que me llevo lo que debía ser mi hijo y lo tiro a la basura orgánica del piso compartido de mi hermana. Ahora nos sentamos las dos en el sofá.

—Tendrías que tomarte unos días —me dice Marga. Me encojo de hombros.

—¿Sabes algo de mamá? Me llamó y no pude contestarle. ¿Y ahora qué haré, Marga?

—Pídete una baja, Remei. Acabas de perder a un bebé, acabas de separarte, acabas de saber que la historia de tu vida era una mentira. —A veces mi hermana tiene el don de la inadecuación. Pero tiene razón, aunque no pienso decírselo.

—Hablaré con Mercè.

—¡Ahora! ¿Lo sabe?

—Vale. No, no sabe nada.

Así que la llamo, le digo a mi jefa que he perdido un

embarazo, que no era de Gerard. Que nos hemos separado. Y que necesito una baja porque tengo un cuadro de estrés postraumático. Cuando te ves contra las cuerdas, la mejor opción siempre es la verdad. Me deriva por teléfono a Llombart, la de cabecera, que me dice que me envía la baja por mail. Eficiencia.

—Remei... Esta mañana he hablado con Jaume. —La miro como queriendo decir y ahora qué quieres, pero la dejo continuar porque en realidad está portándose muy bien conmigo—. Y me ha dicho que se ha separado de su mujer. Y estoy pensando, Remei, estoy pensando, a ver qué te parece, pero creo que es un buen momento para plantearnos volver al pueblo. —Intento asimilar toda esta información; de momento no lo consigo. No entiendo qué tiene que ver un tema con el otro. Ella continúa—: Ahora él está arreglando la casa de sus padres, aquella tan grande, ¿sabes?

Ah, ahora ato cabos. Dudo unos segundos fijando la mirada en ninguna parte; la cabeza me va tan rápida como puede, que en un momento como este no es mucho. Acabo funcionando como siempre, organizándome la vida en piloto automático. Funciono bien bajo presión. Parezco mi madre.

—Hagamos una cosa, mañana Teo no tiene clase, es la semana blanca. Tenemos que ponernos en movimiento ahora mismo. Hazte la maleta y hazme la mía también, y hazla bien, no seas tarambana, mientras yo voy a recogerlo al cole. Coge todo lo que te llevarías si no tuvieras que volver, podemos coger una maleta grande o dos pequeñas por cabeza, más no, que no cabremos en el coche. Paso a por al niño y vuelvo a buscarte. En una hora exacta te quiero abajo.

—¿O sea que sí? ¿Que volvemos a Arnes?

—Al menos de momento, este mes que estoy de baja y Teo no tendrá cole durante unos días. Puedo intentar convencerlo de que se quede en el pueblo y cambie de colegio, y puedo enterarme de si hay algo en alquiler o en venta asequible por allí, a la larga. Si mientras tanto Jaume es tan amable de acogernos.

—Mierda, Jaume.

—¿Qué?

—Que no lo sabe. Ahora lo llamaré. Ah, y ¡hostia!, que yo esta tarde trabajo.

—Mira, es tan fácil como llamar y decir que tienes fiebre.

MARGA

Get a drink, have a good time now
Welcome to paradise
Since I left you
I found the world so new.

THE AVALANCHES

Hago todo lo que me ha dicho Remei. Me encanta cuando toma el control y solo me ordena lo que tengo que hacer. Creo que este es mi lugar cómodo en el mundo: mi hermana y mi madre orquestando y yo ejecutando. No veo nada indigno en ello. Cada cual tiene talento para una cosa, con suerte.

También llamo a Jaume pero nada, no contesta. Hago las maletas y vuelvo a llamarlo. Nada. Bajo a la calle, Remei y Teo ya están en el coche. Entro y lo llamo otra vez. Y otra y otra durante el trayecto. Y en ese momento empiezo a preocuparme, a darme cuenta de la locura que estamos haciendo de mudarnos dos adultas y un niño a casa de alguien sin que ese alguien lo sepa y nos espere.

Me entra el pánico. Si lo pienso bien, lo último que sé es que me ha dicho la triste frase de disculpe, pero ahora no puedo atenderla y ya no me ha vuelto a decir nada más. Ay, madre: ¿y si le ha pasado algo? ¿Y si ha tenido un accidente con la moto? ¿O si se ha arrepentido de haberse separado? Hago lo único que se me ocurre antes de intentar llamarlo otra vez. Escribirle un mensaje. Lo doy todo, porque tengo esa sensación de doble o nada, de apuesta fuerte. De fin del mundo. Total, aún nos quedan tres horas de camino y suena una canción de The Avalanches que se llama «Since I Left You» y ahora mismo dice que desde que te dejé el mundo me parece un lugar tan nuevo.

Hola, Jaume, espero que estés bien. Las cosas se nos han precipitado aquí en Barcelona y la cuestión es que estamos bajando Remei, el niño y yo en coche en dirección a Arnes cargados de maletas. Me habría gustado hablar contigo antes para ponerte al corriente, no sé por qué no me he atrevido a llamarte hasta hoy, cuando mi hermana ha perdido el bebé que esperaba. El caso es que quería preguntarte si podemos quedarnos en tu casa, contigo, unos días. Es importante este «contigo», porque desde que volví solo pienso en este «contigo». Revivo en bucle aquella noche y las formas que adopta tu cara de cerca y no me atrevo a hacer muchos planes de futuro, pero creo que es justo intentar vivir la vida como queramos vivirla y, de hecho, ahora mismo yo solo quiero que me pase lo que me pasa cuando me abrazas, y he pensado, Jaume, que quién sabe, quizá podríamos volver a jugar a sentirnos solos juntos, o a hacernos compañía.

¡Bum! Me siento como si hubiera encestado un triple. Como cuando era la estrella indiscutible de la sección funeraria de la Floristería Flores. Pero Jaume no contesta. Dejo caer la posibilidad de que quizá tengamos que ir a dormir al hostal. Remei parece tan devastada que diría que no le importa. Siento ser esa clase de inútil que no sabe conducir ni tiene conocimientos médicos ni psicológicos, y no sé cómo ayudarla. Así que me pongo a leer por internet causas del aborto precoz, porque antes ha dejado entrever que se arrepentía de haberse fumado aquellos cigarrillos en la Toscana, y de haberse bebido el Spritz. Y me ha dado mucha mucha pena.

Hemos parado hace un momento en un área de servicio, y Teo ha comido, pero nosotras hoy no hemos querido tomar nada. Para no mentir, yo me he bebido una cerveza deprisa con la intención de que se me subiera un poco a la cabeza y me bajara la ansiedad. Aprovecho que Teo no nos oye para decirle:

—El sesenta por ciento de los abortos precoces son por culpa de malformaciones genéticas. Son incompatibles con la vida. Ocurre en uno de cada cinco abortos, uno de cada cuatro a partir de los treinta y cinco años.

—Ya lo sé.

—Ya sé que lo sabes, pero yo no lo sabía. Solo quería tranquilizarte. No ha sido culpa tuya. —No me contesta.

Llegamos a Arnes al atardecer, cuando ya empieza a oscurecer. Teo está contentísimo de descubrir que estamos en el pueblo de sus abuelos y no deja de preguntar si podemos ir a ver a sus amigos, y Remei le dice que mañana. Aparcamos cerca de la casa de Jaume y les digo que me esperen junto al coche, que yo voy delante para no acudir en comitiva y ahora volveré por ellos.

Llamo al timbre y no hay nadie. De hecho, la puerta está cerrada con llave, cuando durante el día, si está aquí, siempre la deja abierta. Empiezo a desesperarme, asumiendo que debe de estar en Tortosa reconduciendo su matrimonio o, peor, tirado en una cuneta del Eje del Ebro. Pero entonces me fijo en que la puerta del taller está un palmo entreabierta. Entro, las luces están apagadas y no sé dónde están los interruptores. En penumbra, voy directa al cuartito donde solíamos escuchar música en otra vida, y por fin, Jaume. Sentado en el suelo, sobre una madera antigua, con la espalda contra la pared de piedra, balanceándose ligeramente adelante y atrás y con el costado derecho contra el sofá viejo y polvoriento, todavía el mismo en el que reposábamos el culo hace veinte años.

—Margarita —me dice con aire de vencido sin levantarse del suelo. Me agacho, le cojo las manos y él me abraza—. Qué bien que hayas venido. Perdóname. Cuando me has llamado justo ha aparecido Amèlia por aquí y por eso te he colgado. Hemos discutido mucho, me ha dicho cosas muy feas, que supongo que merezco. Pero, no sé, he sido un buen marido un montón de años, entregado, no sé cómo decirlo. Nunca he mirado a otra mujer, porque, si te soy sincero, no sabía ni cómo hacerlo. Pero lo de volver a Arnes… siempre he sabido que querría hacerlo. Si ellas no quieren, yo prefiero estar aquí sin ellas. Es así. Y encima, en ese punto, apareciste tú, que…, no sé cómo explicarlo. Que no puedo estar con ella.

—¿Le has contado lo que pasó?

—Ya sabes que no soy muy bueno contando mentiras. —Sonríe con una especie de pena—. Pero la cuestión es que no ha sido necesario. Le he dicho que quería venirme a vivir a Arnes y ella me ha dicho que eso ya lo habíamos hablado y que Arnes, en todo caso, como segunda residencia. Y yo entonces le he dicho que no, que yo me quedaría a vivir siempre aquí. Supongo que lo he forzado. No he querido negociar nada. Se ha enfadado, nunca le había llevado la contraria. Me ha dicho que cómo me atrevía, que se lo debía, que me ha mantenido toda la vida (no es verdad, porque yo otra cosa no, pero trabajar, he trabajado toda la vida, tú lo sabes) y que si quería irme me quedaría solo. Y le he dicho que vale enseguida, aliviado.

¿Tendría que haberle dicho toda la verdad? ¿Soy mala persona?

—De mala persona no tienes nada. —Jaume es de las personas más bondadosas que he conocido nunca. Quizá la que más—. Si le hubieras dicho toooda la verdad, seguro que se habría enfadado aún más, pero quizá también lo habría entendido más. De todas formas, ya está hecho.

—Me habrás llamado. Perdona, he dejado todo el día el móvil en casa y llevo aquí no sé cuántas horas, no sé si pensando o intentando no hacerlo.

—Sí, te he llamado mil veces y te he escrito quizá lo más bonito que he escrito en mi vida, pero, vaya, da igual porque es que, además, tengo una sorpresa que no sé cómo te sentará.

Me mira con ojos expectantes. Me doy cuenta de que no sé cómo decirle que quiero quedarme a vivir con él, que es un poco fuerte, que me buscaré la vida para pagarle el alquiler, que quizá podría abrir una floristería en los bajos de la casa de sus padres, si le parece bien. Que he proyectado nuestra vida juntos y he visto la paz. No sé cómo decírselo sin parecer la más cursi ni la más jeta del mundo, que no temo nada del futuro si estoy con él. Y tampoco sé cómo decirle que mi sobrino y mi hermana llevan rato esperando en el coche porque también vienen a instalarse en su casa.

—Jaume, ¿a ti te parecería bien acogernos a mi hermana, a su hijo y a mí unos días en tu casa? Remei dice que quiere alquilar por aquí algo donde instalarse, que quiere dejar la ciudad y volver a trabajar por la zona. No sé…, quizá es una locura. —Me mira perplejo—. Quizá yo me quedaría aquí, contigo, si estamos bien, si tú quieres. Quiero decir que yo quiero estar contigo, Jaume. Pienso que ahora estamos vivos, que un día estaremos muertos y que las cosas hay que hacerlas mientras estemos vivos. No dejo de pensar en ti, en lo que pasó. La otra noche se abrió la puerta de una habitación muy antigua y no quiero moverme de allí.

A Jaume le cambia la cara, me besa, me mira, vuelve a besarme, sonríe y dice:

—¿Tú te quedarías conmigo?

Y yo asiento con la cabeza.

—Nada me haría más feliz que verte todos los días, Margarita. ¿Y ellos están aquí?

—En la esquina. En el coche.

—¡Uy! ¡Mujer, pues vamos a buscarlos! ¡Que se van a congelar!

Lo ayudo a levantarse, me he quedado agarrotado, dice, y va y los abraza y coge todas las maletas que puede y subimos todos a la casa y ahora mismo esto, estas tres personas y yo juntos, son todos los secretos del universo desvelados. Pienso que el sentido de la vida no esconde nada más.

REMEI

Marga me ha contado por el camino que Jaume tenía la casa bastante liada. Pero por suerte ya tiene otra habitación terminada, donde hoy dormiremos Teo y yo. La verdad es que no me encuentro muy bien. En un momento de la tarde mi hermana me pregunta cómo estoy. Yo me encojo de hombros y miro al suelo.

—Me duele la barriga —le digo—. Y la cabeza.

—¿Te has tomado algo?

—Ibuprofeno, ahora me tomaré algo más, que ya hace cuatro horas.

—Y aparte de eso, ¿cómo estás?

—Contenta de estar aquí. Todo lo contenta que se puede estar teniendo en cuenta la situación, quiero decir.

—¿Tú eres de los que creen que todo pasa por algo?

—No. —No lo dudo. Es más, me cabrea esta pregunta—. Mira, el rollo ese del destino, del karma, del todo pasa por algo porque algo tengo que aprender, que la vida te devuelve el mal y el bien que haces…, todo eso son gilipolleces de las gordas, Marga. —No quisiera pero creo que se me nota rabia en el tono. Quien dice estas cosas es un ignorante—. No hay que buscar la cuadratura del círculo en todo. Las cosas van como van. Las cosas hay que pensarlas, eso sí. Una no puede actuar como un animal salvaje. Debes saber hacia dónde vas y por qué, pero poco más podemos controlar. Nos lanzan al mar que es esta vida y después cada uno nada como puede. ¿No te parece? O como ha aprendido o le han enseñado o ha visto hacer. O todo lo contrario de lo que ha visto hacer, precisamente porque no le ha gustado. Te ocurren cosas. Te adaptas. Fin. —Marga asiente con la cabeza con un movimiento muy tímido. A veces me mira como si todavía tuviéramos diez y diecisiete años.

—Remei, sé que en general he sido un desastre de hermana y de persona, pero quiero que sepas que estoy aquí para lo que necesites y de forma incondicional, ¿me oyes?

—La miro, un poco sorprendida, por qué no decirlo; no me lo esperaba. Pienso que debe de estar en parte influenciada también por la trascendencia del momento. Quiero decir, por haber decidido dejar atrás nuestra vida en Barcelona y haberlo hecho en cuestión de minutos. La abrazo de todas formas; no sé si porque sé que es lo que espera que haga o porque realmente me apetece.

—Gracias —le digo. Y entonces nos levantamos rápidamente y seguimos deshaciendo maletas como si nada, antes de que los otros dos vean que nos hemos puesto tiernas.

—Tendrías que llamar a mamá.

Tiene razón. Me da palo contarle lo que me ha pasado. Verbalizarlo.

—Hagámosle una videollamada juntas —me dice. Me parece buena idea.

A mi madre le veo algo diferente en el rostro, diría que tiene los ojos como si…, como si no hubiera dormido bien. Voy bastante al grano porque sé que es lo que espera y le cuento cómo han sucedido las cosas. Paso por encima el tema Gerard y me detengo más en el aborto. En el punto en el que le cuento que sostenía el manojo de tejido en las manos y lo que pensaba mientras me despedía (adiós, hijo o hija, perdóname por no haberte querido desde el principio, perdóname…) me pongo a llorar y acabo diciéndole en un acto nunca visto entre sollozos, mamá, por qué no vuelves a vivir a Arnes con nosotros, todo sería más fácil. Miro a mi hermana, que, naturalmente, también está llorando, no sé desde cuándo.

—¡Eso, mamá, vuelve! ¡Vende la casa de la Toscana, cierra esta etapa y vuelve! —salta Marga—. ¿Sabes que Jaume y yo estamos juntos? —Y se le dibuja una sonrisa colosal en la cara.

Mi madre intenta disimular su media sonrisa. Entonces deja pasar unos segundos de silencio y acaba sentenciando:

—Me lo pienso unos días, ¿sí?

Mañana hará un día primaveral, Teo estará contento porque no tendrá clase y podrá jugar toda la mañana y por la tarde verá a los amiguitos del pueblo, a los que hace tiempo que no ve. Yo iré a comunicar a mi suegra que nos hemos separado y que así están las cosas ahora. Le contaré que no quiero quedarme el piso de Barcelona; que buscaré trabajo de médica por aquí y que cambiaré a Teo de colegio; que verá a su padre cuando un juez diga y cuando él quiera, y que Gerard es un buen hombre.

Y tengo el presentimiento de que mi madre nos dirá que sí. Quién sabe si el futuro nos reserva algo parecido a una familia a partir de ahora.

ERNE

No negaré que, desde que se han marchado las niñas, siento la casa vacía y el silencio me ofende. Ay, mira, ahora

245

me he reído un poco porque quién me habría dicho a mí que me molestaría el silencio. No sé, he dejado pasar toda una vida sintiéndolas como un estorbo, queriéndolas pero como un estorbo, como a quien le gusta su trabajo pero en el fondo preferiría no trabajar; como seres a los que hacer mayores y proporcionar educación sobre todo, y listos; y ahora se me ocurre que no he sabido disfrutar de ellas, que quizá, que seguro que hay otras maneras. A veces, cuando veo la relación de Roberta con sus hijos, me siento rara. Qué cojones, me siento triste; de lejos noto cómo retumba la envidia. Hablan un código que yo no les he enseñado a mis hijas.

Ahora me piden que vuelva al pueblo y no me piden solo eso, lo que me piden es que sea normal, que les haga de madre como las madres que han visto en las demás familias, y eso es como si me pidieran que alce el vuelo o que haga fuego frotando dos petunias. Porque creo que no sé hacerlo. Y a pesar de lo extraña que me siento ahora mismo, no sé si es lo que quiero hacer. Decido ir a hablar con Roberta. Insiste en que me quede a cenar.

—Nunca me había planteado volver a Arnes. Me marché convencida, dejando atrás una época oscura de mi vida. Oscura y larguísima. Quiero decir, realmente no sabes con qué ansia esperé a que ellas fueran lo bastante mayores para marcharme y cambiar de vida, ¿sabes? Cuando supimos que Amador estaba enfermo... No digo que me sintiera aliviada, entiéndeme. —Roberta esboza media sonrisa y niega con la cabeza—. Lo sentía porque ellas sufrirían cuando él se muriera, pero yo no. No lo odiaba, ¿eh? Solo es que no me interesaba nada de lo que pudiera decirme. No sé, me había aburrido de él. Lo había odiado al principio, después lo había aceptado, más tarde me había acostumbrado y al final, no sé, me aburrí de él. Un matrimonio de treinta años da para mucho.

—¡Sigo sin entender por qué no te separaste, Erne! Siempre te lo digo, pero, chica, ¡es que no lo entenderé jamás! Y, de todos modos, ¿no lo sentías por ellas, marcharte del país y no volver nunca más a visitarlas?

—¡No! Porque ya eran mayores, y si querían verme podían venir ellas.

—¡Pero los estudiantes nunca tienen dinero para viajar!

—De eso se trataba, sentía que estaba educándolas. ¿Queréis verme?, trabajad, esforzaos, ganad dinero y venid a verme. —Y no sé a qué viene ahora su risita mientras me escucha.

—Ajá. ¿Y cuántas veces han venido en quince años?

—Remei cinco y Marga dos. —Me mira como esperando una conclusión—. Vale, no ha funcionado.

—¿De verdad todo fue tan oscuro? ¿No echaste raíces en el pueblo? ¿Ninguna amistad? ¿Ningún amante? ¿No disfrutaste de las niñas cuando eran pequeñas?

—No sé qué decirte… No, claro que no fue todo oscuro, tienes razón. La verdad es que cuando estaba embarazada de Remei creía que la rechazaría, que la daría en adopción o algo así. Pero después del parto no volví a pensarlo nunca más. Si me pongo a pensarlo bien, los primeros años de Remei fueron buenos. Por primera vez, no estaba solo resignada, también estaba contenta de ver a la niña todos los días. Me hacía mucha gracia. De todas formas, el pueblo siempre me ha recordado a lo que renuncié, a la vida que habría podido tener. No supe adaptarme. Y no, no hice ninguna amistad de verdad. Ninguna amiga como tú. —Roberta esboza una sonrisa triste y me coge la mano. No me molesta—. ¡Y ojo! Todo el mundo hablaría de mí si volviera. ¡Otra vez!

—¿No tenías ninguna amiga de verdad?

—En la facultad hice una, su padre también era un bestia; ya sabes, que nos hubieran educado bajo el régimen de las mismas taras une. Pero al tener que casarme y volver al pueblo perdimos el contacto. En aquellos tiempos no era como ahora.

—¿No has echado nada de menos el pueblo en todo este tiempo?

—Te juro que no lo he añorado ni un solo día en estos quince años.

—¿Y a tus hijas?

—Sí, a ellas sí, sobre todo su versión de cuando eran pequeñas. Pero me temo que no soy una madre habitual. Soy más del *savoir faire* de los pájaros, que alimentan a los polluelos y les enseñan a volar y después no vuelven a verse nunca más. —No sé por qué al oír esto Roberta se echa a reír a carcajadas.

—¡Qué dices! ¡Nunca se deja de ser madre, Erne! ¡A estas alturas deberías haberte dado cuenta!

—No, si darme cuenta ya me he dado: ¡rondando ellas los cuarenta todavía me reprochan cosas!

—Mira, el tópico de que desde el momento en que colocan a un hijo en tus brazos dejas de ser tú es verdad. No sabes quién eres y quizá necesites toda la vida para saberlo. ¡Es más, quizá todavía te lo preguntas, amiga! ¿Quién es Erne después de sus hijas? ¡Acepta que las tienes! Que eres otra. Que la vida ha ido por otros caminos y también están bien. No pasa nada. Mira, yo me sentí cómoda enseguida con mis bebés. Cuando dejaron al mayor en mis brazos, con esos ojos grandes y redondos, de un azul que mareaba como el sinvergüenza de su padre, sentí que mi propósito en el mundo era este, ser su madre, más que tener un restaurante, casarme, aprender, nada: para criarlo, para quererlo, para mimarlo, para vivir por él, para disfrutarlo. Otra cosa es la relación con la pareja, pero a tu hijo…, a tu hijo lo quieres más que a tu vida. No sé cómo decirlo, los días eran bonitos porque él existía, y me levantaba feliz de haber pasado la noche con él y de saber que el día también lo pasaría con él. Fui tan feliz criándolo que quise repetir, por eso tuve a mi segunda hija. ¡Si no hubiera aparecido mi segundo marido, la habría tenido con cualquiera, o sola! Y con la niña me pasó exactamente lo mismo. Podía vivir sin mi marido, pero sin mi hija no.

Me deja pasmada. Nunca me había hablado así de sus hijos, de lo que sentía. Nadie me había hablado nunca así, de hecho. Me pregunto si no tendré alguna patología.

—Quizá es que a mí no me quisieron así cuando nací. Y yo este idioma no lo hablaba. —Roberta me mira diría que con lástima, me agarra de la nuca y me fuerza un poco a que le apoye la cabeza en el hombro.

—Entonces quizá no era tan mala idea que vinieran —me dice cuando me suelta.

—Quizá no…, aunque la teoría es muy bonita, pero después el día a día todo lo estropea. No sé… ellas tienen que hacer su vida, y nosotras la nuestra, ¿no te parece?

—Sí…, y nosotras la nuestra…, pero es que yo ya hago la mía con mis hijos y mis nietos. Quiero decir que la mía es la nuestra. Forman parte de mi vida. —Me callo como lo haría si acabara de darme cuenta de que he encontrado la supersimetría. Y me dice—: ¡Ahora me dirás que no tenías ganas de tener otro bebé en casa!

—La verdad es que sí, me hacía gracia. Será la edad. Cuando nació Teo no me hacía tanta ilusión, ¡me veía joven para ser abuela! Como si no fuera conmigo. —De hecho, ahora pienso que es posible que haya vivido toda mi vida como si no fuera conmigo—. Lástima que Remei haya perdido el bebé…, pobrecita. —De repente me da mucha pena. Pena por el bebé, por no haber podido nacer, y pena por la madre, por no haberlo conocido.

—Cuando tienes a una hija embarazada la quieres por dos, ¿verdad? —dice Roberta traduciéndome el pensamiento. A lo que no respondo—. ¿Qué tendría que pasar para que volvieras al pueblo? —Dudo unos segundos.

—No lo sé. ¿Qué significa echar raíces?

—Las raíces son las personas —me dice.

Las raíces son las personas. Y si no existiera Roberta, no me costaría tanto tomar esta decisión.

MARGA

Remei propone ir a dar una vuelta por el pueblo aprovechando que hace tan buen día que parece primavera.

—¿Te apuntas a dar un paseo, Jaume? —le pregunto. Ahora que lo tengo cerca no quiero perdérmelo ni un momento, lo he echado de menos mil años seguidos. Esta noche Jaume y yo hemos vuelto a aquella cama de cuerpo y medio donde nos dijimos que hacía años que nos queríamos. Y hoy volveremos a decírnoslo y pinta que todavía tardaremos días en aprender a hacer el amor juntos, pero no nos importará, nos recorreremos las manos, las líneas de nuestros cuerpos imperfectos y preciosos, y nos preguntaremos por dónde andarán las aguas de la lluvia que cayó la otra noche mientras nos besábamos por primera vez.

Cuando estamos a punto de llegar a la que fue nuestra casa, Jaume dice:

—Este patio es vuestro, ¿no?

—¿Cómo? —digo yo. Remei dice lo mismo con la lengua del silencio.

—Este patio es vuestro, digo. ¿No? Bueno, ahora será de Erne…, antes era de Amador, seguro.

—¿Qué dices? —pregunto. Remei ya está haciendo una foto y enviándosela a mi madre, al grupo que tenemos las tres que se llama «Solo imprescindible» con el texto:

«¿Este patio es tuyo?».

«Sí», contesta enseguida.

«???», dice Remei.

«WTF», digo yo.

«¿Qué significa WTF?», pregunta.

«Da igual. Explícate», dice Remei.

«Tenía que ser una sorpresa. Era de tu padre».

«Una sorpresa?? Para cuándo??», pregunto.

«Para cuando yo faltara. Pero vaya, sorpresa descubierta. Haced lo que queráis con él menos venderlo o construir».

El patio debe de medir unos trescientos metros cuadrados, en realidad es un solar cercado por cuatro muros de piedra. (Unos muros muy bonitos). Por eso Jaume lo llama patio, supongo. Tampoco es que ahora mismo este patio pueda solucionarnos ningún problema, si solo cabe una casa y tampoco tenemos dinero para construirla. De momento, lo único que se nos ocurre es que plantaremos, ahora sí, un limonero, un pino pequeño, una buganvilla y cuatro rosales. Siempre he querido tener rosales y hasta ahora no he podido porque los rosales quieren mucha, mucha tierra.

Por la noche, cuando Remei y Teo se meten en la habitación, Jaume y yo nos quedamos solos en el sofá y empezamos a jugar a lo que solíamos en otra vida: ahora eliges tú una canción, después la elijo yo. Mientras me abraza pongo una de Battiato que asegura que, cuando estás aquí conmigo, este cuarto ya no tiene paredes, sino árboles, una arboleda infinita. Cuando estás a mi lado, este techo violeta no existe, puedo ver el cielo sobre nosotros, que estamos aquí, abandonados como si no hubiera nada más, nada más en el mundo. Jaume me mira como si fuera la octava maravilla, y yo me siento como si estuviera diciéndome eres perfecta y querida, y esto es todo lo que he estado buscando toda mi vida, un amor así.

«Oyes la disonancia aquí, mira qué tristísima», me dice mientras suena el final de «Atmosphere», aunque lo oigo hablar de lejos, quizá me habla desde dentro de mí o desde otra época. Porque lo miro y veo su pasado y mi futuro todo a la vez, dentro de la misma caja de cartón donde todo es presente, mi madre, mi padre, nosotros jóvenes y nosotros viejos, y me pregunto si de esas cajas solo vamos sacando diapositivas de manera aleatoria, en una especie de te quiero atemporal, atrapados en un universo circular donde todo pasa y no a la vez, y todo está formado por los mismos átomos, tanto del pasado como del futuro, los que siempre ha habido, desde la explosión del primer sol, que seguirá transformándose después de nosotros, si es que hay después, si es que hay un nosotros, si es que el tiempo es algo.

Agradecimientos

A Eugènia Broggi, mi editora, por ponerme el listón más alto de lo que me lo pondría yo y creer que llegaría. A Ramón Conesa, mi agente, siempre atento y disponible. A Ana María Caballero por la edición en castellano, a Noemí Sobregués por la traducción, y a Magda Mirabet y Marcel Garro por la corrección. A Eva Piquer, por los consejos y las lecturas. A Maria Sancho, por el asesoramiento lingüístico de la Terra Alta. A Esperança Sierra, por leerme con ganas y en bruto. A mi padre y mi hermana, por la información rigurosa médica y psiquiátrica. A mi madre, porque siempre hay que agradecérselo todo a una madre. A Carles, por hacerme de musa. Y a los lectores que me siguen y a veces me dicen cosas bonitas.